Dr.《ドクター》の傲慢《ごうまん》、可哀相《かわいそう》な俺《おれ》

1

午後の外来診察の受付が終了し、外来患者がまばらになった四時過ぎ、明和《めいわ》病院のオープンカウンター式の総合受付に袴姿《はかますがた》の青年が現れた。目鼻立ちのきりっとした精悍《せいかん》な青年だ。

「わしは土佐《とさ》の坂本竜馬《さかもとりょうま》というもんじゃ」

袴姿の青年は凜《りん》とした態度で歴史上人物の名前を名乗った。

「はい、どうされました?」

総合受付に立つ医事課医事係の久保田薫《くぼたかおる》は、坂本竜馬の登場ぐらいでは動じない。明和病院には坂本竜馬を名乗る男のみならず源義経《みなもとのよしつね》や織田信長《おだのぶなが》もいる。マリー・アントワネットや楊貴妃《ようきひ》の生まれ変わりもいた。

ちなみに、坂本竜馬は青年に人気が高いのか、薫が知るだけでも三人はいる。それぞれ幕末の志士になりきっていた。

「この国は腐っちょる。一度、洗濯したく候《そうろう》」

どんな患者であれ、決して怒らせてはいけない。泣かせてはいけないし、興奮させてもいけない。

「……はい」

外来診察受付はすでに終わっているが、薫は警備に連絡を入れ、坂本竜馬もどきの青年を回した。

病院は職業や年齢、さまざまな人間がやってくる場所だ。医事課のスタッフも警備員もとりたてて騒いだりはしない。

続く時は続くものなのか、今度は狩衣姿《かりぎぬすがた》の青年がしずしずと総合受付に近づいてきた。青年は烏帽子《えぼし》まで被っている。

さすがに、黄昏時《たそがれどき》の病院内に緊張が走った。

「我は安倍晴明《あべのせいめい》なり」

陰陽師《おんみょうじ》の安倍晴明を名乗る男は初めてかもしれない。薫は真剣な顔でまじまじと見つめた。

「……はい」

「この場には魔が潜んでおる。浄化する」

安倍晴明もどきは手にしていた布袋から白い粉を撒き散《まち》らした。そして、ブツブツ呪文《じゅもん》を唱える。

一瞬にして、辺りは白い粉だらけだ。

「……な、なんだ？　ごほっ」

頭から白い粉を被った薫は咽《む》せ返《かえ》った。

総合受付で端末のキーボードを叩《たた》いていた女性スタッフが、口に手を当てて激しく咳《せ》き込《こ》んでいる。

「や、やだ、硫酸？」

日々、モンスターのような患者に接している医事課の女性スタッフたちが、白い粉に動揺した。

「硫酸は粉じゃないでしょ」

「麻薬とか？」

神経が麻痺《まひ》しているのか、女性スタッフはなかなか過激だ。

「麻薬？　そんなの撒いてどうするのよ。浄化なんでしょう？」

「私に言われてもわからないわよ。診察の待ち時間が長かった、って怒っているのかしら？」

病院に対する苦情のナンバーワンは待ち時間の長さだ。

医事課の女性スタッフたちは、白い粉から身を守るようにカウンターの奥にある部屋に入った。

「待ち時間に対するクレームとかいやがらせは増えるいっぽうだよね。昨日の内科は三時間待ちだったたって」

久保田

女性スタッフに続いて逃げたいが、薫は立場上、そういうわけにはいかない。たとえ、童顔で男扱いしてもらえなくても、医事課医事係の主任である。一日中、奥の部屋で座っている課長や係長は何もしない。

安倍晴明もどきはありったけの白い粉をカウンター付近に振り撒いた後、左右の指を絡ませた。

何やら、彼は常人には見えないものと戦っているらしい。これ以上ないというくらい異常だ。

背後に回って後頭部を殴りたい気分だが、最終手段を駆使するにはまだ早い。薫はカウンターに積もった白い粉を指ですくった。匂《にお》いを嗅《か》いでみる。

「……ん？　変な匂いはしないけどな」

薫は危険も顧《かえり》みず、無意識のうちに白い粉をペロリと舐《な》めた。

「……ホットケーキミックス？」

薫が独り言のようにポツリと漏らした時、自称・安倍晴明から数珠《じゅず》が飛んできた。避《よ》ける間もない。

薫の顔面に数珠がヒットした。

「……うっ」

薫は低く唸《うな》ったが、転倒したりはしなかった。下肢に力を入れて、その場に踏《ふ》み留《とど》まる。

「そなたには狐《きつね》が憑《つ》いておる」

自称・安倍晴明に指を差され、薫は自分が狐になったような気がした。

「……コンコン？　狐？　コーンコンコン？　油揚げは欲しくないけどな。お稲荷《いなり》さんより唐揚げのほうが好きだぜ。コーン」

薫が狐の鳴き声を真似た時、連絡を受けたふたりの警備員が現れた。あとはすっかり顔《かお》馴染《なじ》みになった初老の警備員たちに自称・安倍晴明を渡せばいい。

「お待ちしていました」

薫はありったけの感謝を込めて初老の警備員を迎えた。

常軌を逸した患者と医事課医事係主任の戦いはこれで終わりではない。まだまだ続く。

俺の人生はいったいどうなっているのか、これが俺の人生なのか、俺はこんな人生を送るために生まれてきたのか、これからどうなるのか、どうにもならないのか、と薫がしみじみ悩んだ時だった。君は僕の薫くんでしょう、という男の恋人、芝貴史《しばたかふみ》の並々ならぬ独占欲にほとほと疲れ果てた時でもあった。二枚目外科医のセクハラも日が経つにつれハードになっていった。

昨日はとうとうカビ入りコーヒーを飲んだ挙げ句、階段から転げ落ちた。ドアにぶつかり、玄関で転倒し、歯磨き粉で顔を洗ったりもした。まさしく、満身創痍《まんしんそうい》のボロボロ状態だ。

芝は恋人のくせに慰めるどころか、薫の粗忽《そこつ》さを注意した。

ツイていないなんてものではない。占いやスピリチュアルが好きな女性スタッフに感化されたわけではないが、それこそ、何かに祟《たた》られているような気がしないでもない。人生を投げだしたくなった時、小児科医の安孫子《あびこ》に声をかけられた。彼は感心するぐらい生真面目《きまじめ》で患者思いの医師だ。薫も尊敬の念を抱いている。

『うん、きっと何かあるんだよ。何か知らせたくて、君に災難が降りかかっているのかもしれない』

安孫子にしんみりとした口調で言われ、薫の心は大きく揺れた。思い切り触発されたのだ。

『そ、そうなんですか？　俺に何を知らせるんですか？』

いったい俺に何を知らせようとしているのか、俺は何を知るべきなのか、続くトラブルにはどんなメッセージが含まれているのか、最大の心当たりは同じベッドで寝ている長身の整形外科医だ。男の恋人がいるなど、両親が知ったら卒倒するに違いない。口が裂けても公にできない関係だ。

『真蓮《しんれん》先生に一度見てもらったほうがいいと思う。真蓮先生なら何か教えてくれるよ』

真蓮とは世間で評判の霊能者で、安孫子だけでなく病院内の女性スタッフからも絶大な支持を得ている。過去をピタリと当てたと、医事課の女性スタッフの間でも評価は高い。メディアでも頻繁に取り上げられているという。

普段ならば薫は足を運ぼうとは思わなかったに違いない。しかし、薫は縋《すが》るように真蓮の元へ向かっていた。

真蓮の予約はなかなか取れないらしいが、安孫子の紹介で特別に夜の時間をとってもらったのだ。

まさか、今夜、空いているなんて、と安孫子は薫の予約がとれた奇跡に驚いていた。人を助ける使命を負った真蓮は、医療従事者に理解があるという。ゆえに、特別に計らってくれたらしい。

嫉妬《しっと》深《ぶか》い芝には何も告げていない。メールも送っていなかった。彼はまだ病院で働いているはずだ。

最寄り駅で薫は降り、安孫子に書いてもらった地図を頼りに、どこにでもある繁華街を足早に進む。

「ここだ」

薫はこぢんまりとしたビルに入り、エレベーターで五階に上がった。

僕の可愛《かわい》い薫くん、と芝に呼ばれた気がして振り返ったが、背後には誰もいない。ひんやりとした空気が流れているだけだ。

「今夜だけは俺の邪魔をするな」

薫は芝の面影を振り切るように力むと、突き当たりのドアに大股《おおまた》で進んだ。インターホンを押すと、ネクタイを締めた真蓮のスタッフが出迎えてくれた。安孫子に聞いていた通り、こちらが恐縮してしまうほど上品な紳士だ。

「明和病院の安孫子先生の紹介で参りました。久保田薫です」

薫は挨拶《あいさつ》をしてから、九十度のお辞儀をした。

「お話は伺っています。お入りください」

男性スタッフに促されて、薫は真蓮の事務所に入った。

辺りは神秘的なムードでいっぱいだ。

差しだされた書類に記入してから、アジアン調の部屋に通された。三人掛けのソファに座ると、いい香りが漂ってくる。どうやら、アロマを焚《た》いているらしい。

「よく参りました。今まで大変でしたね。お疲れ様でした」

インドの民族衣装姿の真蓮が現れた瞬間、薫は身体《からだ》に稲妻が走ったような気がした。安孫子の刷《す》り込《こ》みか、彼女が救いの女神に見えたのだ。

「……は、はい、ほとほと疲れ果てました」

どうしてこんなことになったのかまったくわからない。どうしてこんな目に遭うのかもわからない。どうしてこんなに悪いことが続くのかもわからない。それも俺だけいつもとんでもない。薫は縋るような目で必死に、本物の実力者と評判の真蓮に訴えた。安孫子や何人ものスタッフが救われたと聞くが、理屈ではなく、真蓮ならば助けてくれそうな期待を持った。

「大人の玩具《おもちゃ》とかメイドさんの衣装とかやたらとリアルで可愛いダッチワイフとかコンドームとかエロ本とか無修正のDVDとか病院で拾って……拾いたくもないものばかり拾って……でも、俺は鞄《かばん》をどこかに落として。せっかくひったくりから鞄を守ったのに失くすなんて……あ、爪楊枝《つまようじ》を踏んでオペまでやりましたし……病院で走り回る犬を追いかけたり、夫婦喧嘩《ふうふげんか》に巻き込まれたり……」

ここ最近、薫はいろいろな災難に見舞われていた。あまりにもいろんな不運に襲われ、出来事の順番さえ忘れてしまった。

安孫子絡みの出来事だったが、深夜に初老の警備員とともに不審人物が潜んでいるかもしれない院内の点検に回った時など、本当に恐ろしくてたまらなかった。病院でカビ入りコーヒーを飲んだ後は生き地獄を見た。そのうえ、誰にも同情してもらえなかった。同情してほしかったわけではないが、正直に言えば少しぐらい優しい言葉で慰めてほしかったのだ。

「年回りが悪いようですね」

真蓮は伏し目がちに穏やかな口調で言った。

「年回り？」

思ってもいなかった言葉に、薫はソファから身を乗りだした。

「今年はよくありません。じっと耐えてください。耐えた後、芽が出て、新緑になり、蕾《つぼみ》になって、花が咲きます。あなたはどんな花を咲かせるつもりですか」

真蓮は慈愛に満ちていたが、薫の心はささくれだったままだった。

「耐える？　耐えるんですか？　耐えられますか？　耐えて花が咲きますか？　どうやって耐えるんですか？」

今まで何があっても耐え忍んできたが、そろそろ気力が尽きそうだ。死に物狂いで隠している芝の存在も重い。そう、芝が一番やっかいで重いのだ。彼は災難以上の災難かもしれない。ぐっすり寝ていても襲いかかってくる絶倫ぶりもなんとかしてほしい。秀麗な容《よう》貌《ぼう》と裏腹の下半身が憎たらしくてたまらなかった。

「すべてはあなたの気の持ちようですよ。悪いことばかり考えていたら、悪いことを引き寄せてしまいます」

反抗する気はないが、つい薫はポロリと言ってしまった。

「宝くじが当たると思い込んだら宝くじは当たりますか？」

自分の気持ちで物事が決まるならば、宝くじやパチンコで大金を摑《つか》めるだろう。競馬でも大当たりできるはずだ。

「さもしいことを口にしてはいけません」

真蓮にやんわりと窘《たしな》められたが、薫は黙っていられなかった。諸悪の根源というか、すべてのトラブルのきっかけというか、男としての道を踏み外した原因というか、今までの人生の中で最大の想定外が脳裏を走馬灯《そうまとう》のように駆け巡ったのだ。怜悧《れいり》な美貌を誇る整形外科医に、憎たらしくもほだされてしまったのである。

「……だ、だって……だって……俺、ぜんぜん、女にモテなくて、本当にモテなくて……彼女が欲しくてたまらなかったけど、モテないからって……」

男とどうにかなる気なんてまったくなかったのに、あの変態医師にヤられてヤられてヤられまくって、流されて、同棲《どうせい》して、と薫は言いかけたが、すんでのところで理性が働いた。いくら評判の高い霊能者であっても、芝の存在は知られたくない。いや、本当に評判通りの霊能者ならば、同じベッドで寝ている男の存在に気づいているだろう。クールな整形外科医がどれだけ変態か、読み取られてしまうかもしれない。ヤバかったかな、と薫は沈痛な顔つきで黙り込んだ。

「久保田さん？　モテない、なんて口にしないほうがいいですよ」

真蓮は子供を諭すように優しく言った。芝について言及する気配は微塵《みじん》もない。

「……俺、顔と身長のせいかモテないどころか男扱いだってしてもらえません」

医事課は課長と係長と新人以外、女性スタッフだらけだが、誰も男として接してくれない。薫の前で平然と生理の話が交わされる。

久保田主任はどこのファンデーションを使っているの、変えたほうがいいんじゃない、と女性スタッフから言われた時は怒りで全身が震えた。

「そんな些細《ささい》なことに悩んではいけません。あなたには感謝の心が足りないのかもしれませんね。日々、感謝して生きてください」

薫は病魔に苦しんでいる患者を知っているだけに、真蓮の言葉に何も感じないわけではない。

「……感謝ですか、確かに、感謝しないといけません。世の中には病気で苦しんでいる人がたくさんいるのに俺は健康なんですから」

自分の足で歩けるし、自分の手で食事ができる。自分の目で見えるし、自分の耳で聞こえる。健康な身体に心から感謝しなければならない。薫が反省を込めて自嘲《じちょう》すると、真蓮は鷹揚《おうよう》に大きく頷《うなず》いた。

「そうです、日々の感謝です。言葉遣いも大切ですよ。綺麗《きれい》な言葉も大事です。汚い言葉はすべてを淀《よど》ませてしまいます。愚痴や文句は悪い気を引き寄せるだけです」

聞き慣れない言葉に、薫は目を大きく見開いた。

「……悪い気？」

不運菌のようなものかな、トラブル気流かな、トラブルハリケーンかな、と薫は自分なりに解釈した。

「そうです、悪い気を引き寄せ、結果、悪い出来事を引き起こしてしまいます。すべての結果の責任は自分にあります。決して人のせいにしてはいけません。今、この時から、綺麗な言葉を心がけてください」

聖人というか、聖母というか、真蓮はまさしくそういった人物に違いないと思った。薫は背筋を伸ばす。

「はい」

綺麗な言葉、綺麗な言葉、綺麗な言葉、と薫は脳裏にインプットするように唱えた。確かに、病院業務でも人間関係でも、言葉ひとつで上手《うま》くいくケースもあれば上手くいかないケースもある。かといって、あまり丁寧な言葉を使っても、相手に通じなければ意味がない。非常に難しいところだ。

「なんでもいいほうに考えましょうね。そうしないと、すべてが悪いほうに進んでしまいます。久保田さんは悪いほうに考えすぎです」

マイナス思考にハマり込む久保田を透視しているのか、真蓮は苦悩に満ちた顔で首を左右に振った。

「悪いほうに考えすぎですか？　トラブル続きでくたくたです。もう、虚しくてやるせなくて……」

コーヒーを買ったつもりがココアだった、海老《えび》フライ定食を頼んだらお子様ランチが運ばれてきた、ガムを食べようとしたら床に落としてしまった、カップラーメンにお湯のつもりが水を注いでしまったなど、些細なトラブルは数えだすときりがない。

「今年はよくありませんが……そのうち……ええ、そのうち……いつかはわからないけれども、いい人が現れますよ」

真蓮はどこか遠い目で薫の未来を口にした。

「いい人？　いい人って？　いい人って？」

勢い込み、薫は腰を浮かせかけた。

恋人か、結婚相手か、男か、女か、芝ではないのか、芝とは別れるのか、どんな別れ方をするのだ、と薫の心の中で複雑な思いがぐるぐると駆け巡る。

芝とのきっかけはルーズな整形外科部長の里中《さとなか》だった。

月初めの医療保険請求《レセプト》処理の繁忙期、薫は整形外科部長を探して医局に飛び込んだ。

『里中先生、いらっしゃいませんか？』

分厚い専門書を開いたまま、返事をしたのが若手整形外科医の芝だ。

『ここにはいらっしゃいません』

　整形外科部長と一緒にいる時に挨拶をしたので面識はあったが、芝は愛想《あいそ》の欠片《かけら》もない医師だった。クールなんてものではない。

『ベル鳴らしても返事はくださらないしっ、今日が病名記入の日だって忘れているのでしょうか？　社保の提出日は明後日です。すごい数なんですよ』

　整形外科部長に限らず、医師はカルテに患者の病名をよく書き忘れる。当然、病名がなければ医療保険請求はできない。また、処方された薬や実施された検査に対し、医師がつけた病名では通らないケースもある。ゆえに、医療保険請求用として新たに病名をつけてもらうのだ。

　その日、整形外科部長に医療保険請求用の病名記入の時間をもらっていた。整形外科部長が忘れていないか、幾度となく確かめるように念を押していた。

　それなのに、肝心の整形外科部長がいない。病院内放送でしつこく呼びだしても現れない。どこを探してもいない。すっぽかしの前科がある整形外科部長だけに、薫は切羽詰まっていた。

『僕に言われても』

　芝の視線も声音も雰囲気も、すべてが冷たかった。薫を見下しているような気配さえあった。

プライベートならば絶対に近寄らない男だが、追い詰められていた薫は必死に食い下がった。なんでもいいから手がかりが欲しかったのだ。

『芝先生っ、里中先生は映画を観《み》に行ったとか、ゴルフの打ちっぱなしに行ったとか、まさか、まさか、違いますよね？　やっぱり忘れて帰られたのですか？』

薫が涙目で捲《ま》くし立《た》てても、芝は氷の人形のように冷酷だった。

初めてふたりきりで接した時、薫は無愛想な芝に反感を持ったものだ。Ｄr.芝よ、若い女にウケてもジジババにはウケないぞ。病院じゃ、ジジババにウケないと苦しいぞ、その愛想のなさでは開業は無理だぞ、と心の中で罵《のの》った覚えがある。

けれど、翌日、薫は肩の筋肉の膜を破り、芝の診察を受ける羽目になった。

そして、律儀な芝を知る。芝を少し見直したものだ。

いや、見直す必要はなかった。見直してしまったのが運のつきかもしれない。気を許して、芝が運転する車に乗らなければ助かっていただろう。

残業に次ぐ残業、疲れ果てていたあの日、薫は病院前のバス停でバスを待っていた。次のバスは三十分後だ。ついていない、と薫がうなだれていると、白いロータスエスプリが目の前で停《と》まった。運転席にはスーツ姿の芝が座っている。

『送りますよ』

芝がハンドルを握ったまま声をかけてきた。

『芝先生……』

芝の申し出に薫は心の底から戸惑った。わざわざ事務員を送るようなタイプに見えなかったからだ。

ちなみに、芝が運転している高級車も身に着けている仕立てのいいスーツも、田舎育《いなかそだ》ちの薫には果てしなく遠い。見るからに高そうな芝の外国製の腕時計も気後《きおく》れする要因のひとつだ。

『どうぞ』

薫のためにロータスエスプリの助手席のドアが開けられた。これといって芝の表情は変わらないが、ほんの少し、普段より雰囲気が柔らかいような気がした。

『駅まででいいですから。すみません』

バスを三十分も待つのはつらいし、芝の好意を無下に断ることはできない。薫は恐縮しつつも芝の車に乗り込んだ。

芝らしい趣味だと思ったが、車内には眠くなりそうなクラシック音楽が流れていた。

『ここは不便ですね』

小高い丘の中腹にある明和病院に通うのは容易ではない。最寄りの駅から病院までのバスの本数が少ないのだ。

『俺は毎日、電車とバスですよ』

毎朝、薫は通勤でも体力を消耗している。

『ならば、これから僕が送ってあげますよ』

芝は前を見ながらなんでもないことのように言った。当然、薫は何を言われたのかまったく理解できなかった。

『……へっ？』

薫はマヌケ面《づら》で聞き返したが、芝の横顔は真剣だった。

『大丈夫です。二度と免停のヘマはしません』

『……あの』

わけがわからないまま話は流れた。

いつしか、溜《た》まりまくった疲労のあまり、薫は助手席で眠りこけていた。芝が獰猛《どうもう》な狼《おおかみ》だとも知らずに。

目覚めた時、芝に食《く》われていた。現実だと思えなかったが夢ではなかった。夢だと思い込みたかったが現実だった。

『手放すつもりはないから』

初めての行為の後、芝に甘く囁《ささや》かれた。

『幸せにしますよ』

芝に迷いや戸惑いはいっさいなかった。

『理由がいるんですか？　理由なんてないですよ』

薫は女性にまったくモテなかったが、かといって男にモテた過去もない。容姿に頭脳に実力、すべてを持っている芝がどうして自分を求めるのか、その理由が薫にはわからなかった。

『理屈を言わないでください。好きになったのだから仕方がないでしょう』

芝は自分で自分の感情をコントロールできなかったらしい。

『あいにく、今まで迫られたことはあっても、迫ったことはありません。あなたの赤ちゃんが欲しいとか、あなたのお嫁さんになりたいとか、僕は言えないでしょう。なんて言えばいいんですか』

あの夜、芝の熱い求愛の言葉も薫の耳に木霊《こだま》のように響いた。彼の表情も鮮明に覚えている。

芝にほだされてしまった薫の負けだ。

「必ず、あなたはソウルメイトと巡り合います。ソウルメイトと幸せになりますから、そんなに悲観しないように」

ソウルメイト、という言葉には今ひとつピンとこないが、大切なパートナーだと感覚で理解した。真蓮の予知によれば、ソウルメイトとはこれから出会うらしい。さしあたって、すでに出会っている芝ではないらしい。

「ソウルメイトですか」

薫の瞼《まぶた》には芝が浮かんだままだ。彼の面影を消そうとしても消えない。唇を首筋に感じたような気さえした。

「今は寂しいかもしれませんが、寂しさを知っているからこそ、ソウルメイトの出現に感謝し、幸せになれますよ。今の孤独はソウルメイトと幸せになるための勉強だと思ってください」

虚しくてやるせなくていてもたってもいられなくなったりするが、今、薫は決して寂しくはない。芝という男に粘着質な愛を注がれているからだ。どれだけ愛されているのか、いやというほど身に染みてわかっている。

真蓮は芝の存在に気づいていないのか、安孫子やほかのスタッフが絶賛するほど力がないのか、得手不得手があるのか、薫は無言で考え込んだ。もっとも、どんなに頭を働かせても皆目見当がつかない。

「久保田さん、今の孤独に負けないでください」

真蓮の励ましに、薫は軽く頷いた。

「ひとりで真っ暗な部屋に帰って、ひとりでメシを食べるのも、ひとりで冷たい布団《ふとん》に寝るのもいやになっていたところです。誰からも連絡がありません。狭い部屋にひとりでいるのも虚しくて」

真蓮を試すわけではないが、薫は暗い表情で芝と出会う前の日々を口にした。今、現在、芝は多忙で擦《す》れ違《ちが》いが多いが、一時なりとも顔を合わせることはできる。キスもされていた。

いつ倒れてもおかしくない繁忙期、自宅のワンルームマンションに戻ったが、芝のいない寂寥《せきりょうかん》感を自覚して困惑したこともあった。

「ソウルメイトと出会うための勉強時間です。狭い部屋だと愚痴を漏らすのもやめましょう。独身でお若い久保田さんの身の丈にあった部屋ですよ」

真蓮は目を閉じて、右手を軽く上げた。もしかしたら、薫の部屋を透視しているのかもしれない。

真蓮は明和病院内や安孫子の部屋、女性看護師の部屋を透視したと聞いた。ベテラン看護師はゴミ屋敷と化している自宅を注意されたという。ベランダに溜めているゴミ袋の山まで指摘され、ベテラン看護師は恥ずかしくてたまらなかったそうだ。

「俺の身の丈にあった部屋ですか？」

薫が借りている部屋はナメクジやゴキブリが生息する古くて狭いワンルームマンションだ。今もカモフラージュで借りたままだが、普段は芝の高級マンションで暮らしている。二十七歳の芝と薫が暮らすには贅沢《ぜいたく》すぎる部屋だ。薫ならば宝くじにでも当たらない限り、高級マンションには住めないだろう。

「はい、狭い部屋だと不満を持ってはいけません。ご縁があった部屋なのですから、日々、感謝をもって暮らしてください。古くても建物の外観は明るくていいじゃないですか。近くにコンビニもスーパーもあって便利でしょう。美味《おい》しそうなベーカリーもありますね」

俺が芝と暮らしていることはわからないんだな、と薫は判断した。真蓮は薫がカモフラージュ用として自分で借りている部屋を透視しているらしい。付近にはコンビニや関東を中心にチェーン展開しているスーパーマーケット、クリームパンが絶品のベーカリーもあった。

「はい」

薫はしおらしく頭を下げる。

「煙草《たばこ》はやめたほうがいいですが、なかなかやめられませんね」

薫は喫煙の習慣を口にしていなかったが、真蓮には気づかれていた。ことあるごとに芝にも咎《とが》められていたが、煙草に伸びる手を止められない。

「はい、やめられません」

煙草ぐらい大目に見てくれ、が薫の迸《ほとばし》るような魂の叫びだ。

「ライターの火で前髪を焼かないように注意しましょうね」

真蓮は大きな溜め息をつき、薫の迂闊《うかつ》な過去を指摘した。察するに過去を見通したのだろう。

「……わかりますか？」

煙草に火をつけようとして前髪を焼いたのは一度や二度ではない。職場でも前髪を焼いたことがあった。安孫子に短くなった前髪を指摘され、理由を告げると、盛大に呆《あき》れられたものだ。

「はい、ライターで前髪を焼いた久保田さんが見えました。額も軽く火傷《やけど》されましたね？」

真蓮は楽しそうに口元に手を添えている。

「俺だって前髪を焼くつもりはなかったんですが……」

一時間のセッション後、薫は真蓮の事務所を後にした。なんというのだろう、憑き物が落ちたように爽快感《そうかいかん》に満ちている。噂通《うわさどお》り、真蓮が薫の悪い気を吸い取り、パワーを与えてくれたのかもしれない。

「気分が楽になったかもしれない」

薫が真蓮の事務所が入っているビルを出た時、車道に覚えのある車が停まっていた。芝の愛車のロータスエスプリだ。

「僕の薫くん、どうしてあんなところへ行ったのですか」

芝が険しい顔つきで近寄ってきたので、薫は背を向けて駆けだした。

「バイバイ」

逃げる必要はないと思うが、まともに顔が合わせられない。将来、出会うソウルメイトについて真蓮からさんざん聞いたせいかもしれない。ひとまず、真蓮の予言によれば、芝は薫のソウルメイトではない。今、それについては深く考えない。

「どうして逃げるんですか？」

追いかけてきた芝に腕を摑まれて、薫は観念した。

「センセイの顔が怖かったから」

薫は占いハウスの看板を眺めながら、か細い声でボソボソと言った。だが、芝の表情はきついままだ。

「僕の顔が険しいのは当たり前です。真蓮を紹介したと、僕の大事な薫くんが真蓮のところに向かったと、安孫子先生から聞いて僕は心臓が止まったかと思いました」

病院内で安孫子から薫について聞き、芝は慌てふためいたらしい。その時を思いだしているのか、芝の秀麗な美貌が曇った。

「何事にも惑わされないようにしましょう。心を大きく持ちましょうね」

真蓮の教えを守り、薫は綺麗な魂を心がけ、綺麗な言葉を選んだ。意識的に真蓮の口調も真似る。

「君、あのインチキ霊能者に何を吹き込まれました」

芝はこれ以上ないというくらい、真蓮に拒絶反応を示した。全身から嫌悪感《けんおかん》が発散されている。

「インチキ？　インチキ霊能者なのか？」

薫の声が仰天したあまり裏返った。真蓮を真っ向から否定したのは、記憶が正しければ芝が初めてだ。

「占い師や霊能者やスピリチュアルカウンセラーやヒーラーなど、すべてインチキだと言っても過言ではありません」

芝は意志の強い目で断言した。

薫は今までそういった類《たぐい》のものに傾倒したことは一度もない。あまり興味はなかったが、職場に女性が多いのでいやでも噂が入ってくる。

「そうなのか？　結構、当たっていたぜ」

薫が真蓮のセッションを思いだして反論した。すべてを信じているわけではないが、すべてを否定する気もない。どうしてそんなことを知っているんだ、という個人的な出来事まで真蓮は口にした。

「君の個人データなど、安孫子先生から連絡が入った時点で調べられます。住所がわかれば、住んでいる部屋も環境もわかりますから、透視で当てたように騙《だま》せますよ。要はテクニックです」

当初、真蓮の予約は半年待ちだと聞いていた。それなのに、安孫子の紹介があった当日に予約が取れた。安孫子の紹介ならば調べやすいからかもしれない。

安孫子から話があった時点で、予《あらかじ》め薫について何か聞きだしているはずだ。どのような性格で、どんな悩みがあるのか、聞くのは容易だろう。トラブル続きの薫の悩みなんて、安孫子でなくても答えられるに違いない。

「……あ、それでか、俺が借りたままの部屋を当てたの」

薫の住所はすぐに判明する。あとはネットで住所を検索すればいい。周囲にコンビニやスーパーマーケット、ベーカリーがあることがわかるだろう。真蓮はセッションでそれらしく言えばいい。

「君、僕について何か吹き込まれたのですか?」

芝に真摯《しんし》な目で見据《みす》えられ、薫はそれとなく視線を逸らした。

「……いや」

芝から逃げるようにラーメン屋の赤いのれんを眺めたが、なんの役にも立たない。腰に芝の手が回ったと思うと、停車していたロータスエスプリに向かって凄《すさ》まじい力で引っ張られた。少しでも抵抗したら、抱き上げられてしまうだろう。長身の芝と華奢《きゃしゃ》な薫の体格の差は大きい。

この場合、おとなしく連れ去られるのが賢明だ。

「僕と君は会うべくして会いました。別れる必要はありません」

薫は助手席に押し込まれるようにして乗り込んだ。

芝はいつになく素早い動作で運転席に座り、シートベルトを締めた。真蓮を振り切るかのように勢いよくアクセルを踏む。

薫を乗せた車は、瞬《また》く間《ま》に真蓮の事務所が入っているビルから走り去った。夜の街にネオンが煌々《こうこう》と輝いている。

「俺とセンセイは運命か?」

占い師巡りをしている女性スタッフからよく聞く言葉だ。運命や宿命といった言葉が、強制的に見せられた女性雑誌にも頻繁に登場している。

「運命なんて言葉を軽々しく口にしないほうがいい。ああいったインチキ霊能者はよく使いますが」

芝はピリピリしていて、取りつく島もない。

「霊能者に恨みでもあるのか?」

薫は端整な芝の横顔を眺めた。

「霊能者や占い師とか、そういった類のものに人生を狂わされた人を見てきたからです。人の悩みにつけ込み、どれだけ汚い手で財産を巻き上げ、人生を台無しにさせたか、三日かかっても語り尽くせません」

霊能者のみならず占い師や祈禱師《きとうし》、スピリチュアルカウンセラーやヒーラー、宗教など、時に病人は藁《わら》にも縋る思いで目に見えない力に頼ってしまう。人の命を預かっている医療従事者にしてもそうだ。医師も看護師も重圧から逃れるように、非科学的なものに救いを求めてしまうことがある。

結果、骨の髄までしゃぶりつくされてしまう。気づいた時には全財産を失い、家族や親《しん》戚《せき》、友人も失っていることさえある。

「無口なくせに今日は珍しくよく喋《しゃべ》るな」

愛の言葉は呪文の如くうるさく唱えるが、どちらかといえば口数が少ない男なので、饒《じょう》舌《ぜつ》な芝に驚いてしまう。それほど、目に見えないもので人を惑わす輩《やから》を嫌っているのだろう。

「薫くん、どうしてそんなことをこの場で言うのですか」

芝は横目で睨《にら》んでくるが、やたらと迫力があった。

「……だってさ」

薫は上着のポケットから煙草を取りだそうとしてやめた。ニセモノだと疑っていても真蓮の言葉の影響かもしれない。

「僕がどんなに心配したか、理解してもらいますよ」

今夜、身体で慰めてほしいらしい。芝が言外に匂わせている要望に気づかないほど、薫は疎《うと》くもなければ鈍感でもなかった。それに、誰よりも芝の底の知れない下半身事情を知っている。

「とっても疲れてるからやめてくれ」

タフな芝の夜のお勤めに薫の華奢な身体は悲鳴を上げていた。ぐっすり寝ていても、芝にはお構いなしに暴かれてしまう。薫はおちおち寝てもいられない。ついでに言うと、トイレにものんびり入っていられない。怜悧な美貌の変態男はトイレの中にいる薫を見たがった。

「君以上に僕の神経が参っています」

芝は前を向いた体勢で力強く言った。とてもじゃないが、神経が参っている繊細な男には思えない。

「俺を殺す気か?」

薫はわざとらしく車窓を指で突《つつ》いた。

「今、その言葉を僕に投げる権利は君にありません」

「俺は本当に大変なんだぜ。一度でも考えたことがあるのか」

「君の身体はそんなことは言っていませんが」

ふたりで暮らしているマンションに着くまで、激しく言い合ったが、勝敗は最初からわかりきっている。

いつも身体で強引に押し切るのは芝だ。

薫は喚《わめ》きつつも受け入れるしかない。

マンションに帰った途端、いきなり廊下で押し倒されてしまった。芝の怒りは尋常ではない。

「センセイ、そっとしろ、ゆっくりしろ、優しくしろ」

薫は真っ赤な顔で野生の猛獣のように襲いかかってくる芝に注意を促した。無駄だと思いつつも、口にせずにはいられない。

芝の手は早急に薫の下半身をこじあけようとしていた。ズボンのベルトを引き抜き、ファスナーを乱暴に下ろす。

「僕の可愛い薫くん……」

「落ち着いてくれ」

いきなり突っ込むのはやめてくれ、と薫は掠《かす》れた声で続けた。布越しにもはっきりわかるほど、芝の股間《こかん》の一物は硬くなっている。最悪の凶器以外の何物でもない。

「君は僕のものです。無断で動いてはいけません」

相変わらず、芝の表情は凍りついたままだ。そのうえ、いつも通り、彼は人の話を聞いていない。

「……おい」

「二度と僕に断りなく、あのような輩《やから》の下に行かないようにしてください。何かにつけて、方角を口にする輩にも近づかないでください。君には水子霊も狐も鬼も蛇も取り憑いていませんから」

芝の主張によれば由緒正しい寺や神社も安全だと侮《あなど》れない。寺や神社も不景気の煽《あお》りを受け、財政難に陥《おちい》っているという。結果、聖職者も悪事に手を染める。日本国内を蝕《むしば》む闇《やみ》は計り知れない。

「わかった。わかったから」

薫は芝の唇を首筋に感じ、身体を小刻みに震わせた。彼の薄い唇は雪のように冷たく見えるが熱い。

「君の前世がなんであれ、今の君にはまったく関係ありません」

今、自分の不幸は前世が関係しているからかもしれない。そんな説を主張する霊能者もいるそうだ。

薫にしろ前世説に振り回される気はない。

「わかっている」

「安孫子先生に何を吹き込まれたのか知りませんが、今後、彼にも決して近づいてはいけません」

今までに安孫子が話題に上がった記憶はないが、芝が勤勉な小児科医を嫌っているとは思えない。

「安孫子先生？　安孫子先生は本当にいい先生だぞ？」

薫は詰《なじ》るように芝のシャープな頬《ほお》を叩いた。

「僕の前でほかの男を褒《ほ》めるのですか？」

芝のガラス珠《だま》のように綺麗な目に嫉妬の炎が燃え上がる。心なしか、芝の体温も一気に上昇したようだ。

「……まさか、妬《や》いているのか？」

密着している身体から芝の嫉妬が痛いぐらい伝わってくる。恐怖で薫の背筋に冷たいものが走った。妬いた芝ほど凶悪な野獣はいない。

「妬いてはいません。君の安孫子先生に対する信頼が許せないだけです」

芝は顔色ひとつ変えず、独特の言い回しで気持ちを口にした。どう言い繕おうとも、完全な嫉妬だ。

「妬いているんじゃないか、勘弁してくれよ」

薫は忌々《いまいま》しそうに芝のネクタイを引っ張った。

「君が信頼してもいいのは僕だけです」

ある程度、慣れたとはいえ、芝の傲慢《ごうまん》ぶりが鼻につく。芝のネクタイを引っ張っていた手に力が入った。

「あ、あのなっ」

「君は僕の可愛い薫くんです。よく覚えておきなさい」

ガバっ、と芝が物凄《ものすご》い勢いで襲いかかってきた。

「うわっ……ちょ、ゆっくり、ゆっくりしてくれ」

「薫くんは僕を感じていればいい」

芝はクールなインテリでほっそりしているように見えるが、着痩《きや》せするタイプらしく、身体は固い筋肉で覆われている。どこもかしこも華奢な薫とは雲泥の差だ。

「センセイ、俺はヤり殺されるのはいやだからな」

薫は芝の逞《たくま》しい背中を苦《くる》し紛《まぎ》れに叩いた。憎たらしいけれども、頼もしくも愛しくもある背中だ。


ふたりの熱い夜は終わらない。

廊下で一度、お互いに頂点まで昇りつめた。それから、薫はベッドルームに運ばれ、芝の激しい求めに応じた。

インテリ然としたクールなお坊ちゃま医師はベッドで豹変《ひょうへん》する。病院内の誰も芝の性癖を知らないだろう。

「この、変態ーっ」

いったい何度、芝を罵倒《ばとう》したかわからない。どんなに罵っても足りない。もっとも、芝にはなんの効果もない。

芝に煽られて薫の腰はくねくねと淫《みだ》らにくねっている。薫の意思を裏切り、敏感な身体は芝にされるがままだ。

これ以上ないというくらい、薫は足を左右に大きく開かされ、ねっとりとした視線に晒《さら》される。

相手が誰であれ、見せたい場所ではない。今までにも幾度となく凝視されてきた。それでも、今さらかもしれないが、見られたくはない。しかし、閉じたくても、閉じられない。蹴り飛ばすこともできない。

「へ、へ、へ、へん、へんた、変態、変態っ、変態オヤジっ」

さんざん喘《あえ》がされ、喉《のど》も嗄《か》れた。

「僕の薫くん、可愛い」

「……変態」

意識が朦朧《もうろう》として、目も霞《かす》んでくる。部屋の隅に置かれている鉢植えの観葉植物や洒落《しゃれ》た家具が二重にも三重にも歪《ゆが》んでいる。天井がうねっているようだ。身体に絡みつく芝の唇と手の感触が鈍くなっている。指一本、動かすことができない。もう、タフな芝につきあえない。

突如として薫の前に三途《さんず》の川《かわ》が現れた。

「……電池切れ」

薫は掠れた声で呟《つぶや》くように言うと目を閉じた。

今夜、薫の体力はここまでだった。ハードな仕事に加えて真蓮の事務所に行った後にしては、なかなか善戦したかもしれない。

「薫くん……」

絶倫医師は愛しそうに華奢な薫の身体を抱き締めている。僕のものです、と低い声で宣言していた。

2

　翌朝、薫《かおる》は腰が重くてなかなかベッドから起き上がれなかった。隣には体調不良の原因が横たわっている。彼は綺麗《きれい》な目をゆっくり開けた。

「おはよう、僕の薫くん」

　芝《しば》が満足そうに微笑《ほほえ》んでいるが、薫にすれば癪《しゃく》に障《さわ》って仕方がない。

「……腰が重くて動けない」

　薫の肌には花弁のようにキスマークが点在している。まかり間違っても、スパや温泉には行けない。不慮の事故に遭遇するわけにもいかない。

「昨日の君はいつにもまして素敵でした」

　どこにそんな力があったのか、薫は咄嗟《とっさ》に枕《まくら》で芝の顔を殴った。

「この、変態っ」

「……薫くん」

　芝は枕攻撃をよけようとしなかったが、薫の名前を口にした声音には非難が含まれていた。

「お前のせいで……お前のせいで……お前のせいで……俺は誰のせいとか俺のせいじゃな

いとか言いたくなかったけど、今回は……こればかりは……」

薫の童顔は引き攣《ひっ》りまくった。いろいろと言いたいことはあるが、あまりにも多すぎて言葉にならない。

「どうしました?」

芝は怪訝《けげん》そうな顔で薫を見つめた。彼は薫の苦悩や鬱憤《うっぷん》の理由に気づいていない。理解しようとしていないのかもしれない。

「腰が痛い。お前のせいだ」

今、一番困っていることをきつい目で口にした。重い鉛が腰に張りついているような気がする。

「淫《みだ》らに僕を誘惑するからです。僕は……」

最後まで聞きたくなくて、薫は芝に毛布を被せた。

「こ、このっ……」

薫は毛布を被せた芝の顔を叩《たた》いた。

けれども、すぐに芝は毛布を撥《は》ね退《の》けてしまう。

「そんなに恥ずかしがらなくてもいいでしょう。淫らな君は最高に可愛《かわい》い。応《こた》えるのは僕の役目……」

薫はとうとう芝の薄い唇を手で塞《ふさ》いだ。

「黙れ。頼むから黙ってくれ」

薫は低く凄《すご》むと、芝の口から手を離した。

「……俺は行くぞ。仕事だ」

芝に文句を言っても喉《のど》が痛むだけだ。薫は渾身《こんしん》の力を振り絞ってベッドから下りた。思わず、その場に膝《ひざ》をつきそうになったが、懸命に踏《ふ》み留《とど》まる。

「薫くん、そんなにつらいのならば休んだらどうですか？」

芝は薫の細い腰を眺めて淡々とした様子で言った。彼は自分に非があるとはまったく考えていない。

「休んでみろ、俺はスタッフから呪《のろ》い殺《ころ》される」

薫は仁王《におうだ》立ちで凄んだ。

いつ過労死してもおかしくないほど、薫は残業をこなしていた。ほかの女性スタッフの勤務時間も常軌を逸している。ここで主任の薫が休むわけにはいかない。休むならば病院内で倒れる必要があった。

「呪い？」

一瞬にして、芝の双眸《そうぼう》が鋭くなった。

「ああ、世の中には呪いのアイテムが溢《あふ》れているんだって？」

私より先に仕事を辞めたら呪うわよ、と女性スタッフたちの間では冗談交じりに囁《ささや》かれている。誰が欠けても医事課は立ちゆかない状態だ。荷物のような女性スタッフが退職したのは喜ばしいが、新しいスタッフが補充される見込みはない。薫は人事部にかけあったが徒労に終わった。日々、患者でごったがえしている明和《めいわ》病院も、底の知れない財政難で苦しんでいるのだ。

「そのようなものに惑わされないでください。殺すならばわざわざ呪う必要はありません」

芝が何を考えているのか不明だが、医師ならばいくらでも人間を抹殺する手段を知っているだろう。

「センセイ、医師がそれを言うと洒落《しゃれ》にならない」

薫は苦笑を漏らして、ベッドルームから出た。昨夜の情交の名残《なごり》があるので、シャワーを浴びたいのだ。

薫は広々としたバスルームに入った。バスタブのふちに座り込み、適温のシャワーを浴びる。

「……ん」

薫がシャワーの心地よさに浸っていると、バスルームのドアが開いた。全裸の芝が立っている。

「センセイ、俺が出るまで待て」

薫はシャワーノズルを振り回したが、芝は当然という態度で入ってくる。

「薫くん、一緒に」

「駄目だ、俺が出るまで、もう少し待て」

今までバスルームでもどれだけ喘《あえ》がされたか、音響効果が抜群なのも最悪だ。壁にある大きな鏡も憎たらしい。

「ふたりでも入れますよ」

芝の言葉通り、バスタブはふたりでも充分な余裕がある。

「お前が入るなら、俺は出る」

初めての行為の後、バスルームでも身体《からだ》を暴かれた。大きな鏡に映る自分のあられもない姿に薫は羞恥心《しゅうちしん》でいっぱいになったものだ。何しろ、左右の内股《うちまた》を後ろから摑《つか》まれ、そのまま大きく広げられた。まるで、幼い子供のおしっこだ。

『今さらですが、こんな狭いところによく入りましたね』

薫とともに鏡に映った芝はどこまでも楽しそうだった。薫の秘部を見つめる目には欲望が滲《にじ》んでいる。

『やめろって言っているだろう』

薫は必死になって暴れたが、芝は余裕で微笑んでいた。彼の腕の力は一向に緩まない。

『君が昔の彼女とセックスした回数なんて、僕が一週間で抜きます』

かつて芝が高飛車《たかびしゃ》に宣言したのはバスルームだった。彼は薫が天然記念物の童貞だと知らなかったらしい。

『ちょっ……』

正直に童貞だと明かしたほうが賢明だったのかもしれない。

『何か、物欲しそうですよ』

芝には言葉でもさんざん弄《いじ》られた。

確かに、芝に指摘された通り、薫の秘所は男を誘っているようにいやらしく開閉を繰り返していた。薫自身、自分で自分の身体が信じられない。秘所から芝の残留物と潤滑剤のキシロカインがタイルの上に滴《したた》り落《お》ちて水溜《みずた》まりを作った。

『そんなに腰を振って煽《あお》らないでください』

薫の姿態に触発されたらしく、芝の肉塊が天を向いていた。

『ひっ……』

芝の分身の大きさを目の当《まあ》たりにし、薫は恐怖に戦慄《わなな》いた。

『いいですよね』

芝は薫の承諾も得ずに動いた。

思いだすと身体が火照《ほて》ってくるような気がしないでもない。薫は自分の痴態を記憶の彼方に強引に押しやった。

「薫くんはどうしてそんなにつれないのですか？　バスタイムは恋人である僕に対する義務ですよ」

恋人同士は一緒に風呂《ふろ》に入らなければならない、なんて法律や規則は世間にはないが、芝の中にはある。

「義務じゃないと思う」

入ってくるな、という意思表示で薫は芝の下肢にシャワーを向けた。恐る恐る股間《こかん》の一物を眺める。

今はまだおとなしいが、いつ豹変するかわからない。危険だ。

「義務です」

いつもと同じように、芝に押し切られてしまう。渋々、薫はバスタブで芝と向かい合った。

バスタブに少しずつ湯が溜まっていく。

「センセイ、俺に触るな。なんかしたら俺は今度こそブチ切れるぞ」

芝の手が伸びてきたので、薫は慌てて振り払った。

「では、今夜、一緒にお風呂に入りましょう。ゆっくりしましょうね」

芝は軽く微笑んだが、薫は低く唸《うな》るしかない。

「……うううう」

「医事課の仕事も大切ですが、恋人の義務を怠《おこた》らないでください」

普段ならば朝食後に歯を磨くが、芝の相手が面倒になって、薫はボディシャンプーの隣に置いていた歯ブラシに手を伸ばした。

「……あ～っ、歯を磨く」

薫はバスルームに持ち込んでいた歯ブラシで歯を磨きはじめた。芝には反対されているが、バスルームが最も歯を磨きやすい。

「薫くん、前歯の裏側もきちんと」

芝は磨きにくい前歯の裏側をいつもの調子で指摘した。洗面台には歯科医でしか扱っていないフッ素入りの歯磨き粉や薬用マウスウォッシュが置かれている。フロスを用意したのも芝だ。

歯ブラシを手にしたまま、薫はコクリと頷いた。虫歯で歯科医にかかりたくはない。

「薫くん、親知らずが生えていますよね」

いきなりなんの前触れもなく、芝は薫の親知らずについて指摘した。顎《あご》に手を当てて考え込んでいる。

薫が怪訝な目で訴えかけると、芝は穏やかな声音で言った。

「親知らずは残しておくと歯槽膿漏《しそうのうろう》の原因になる危険があります。生え方にもよりますが、一度、口腔外科《こうくうげか》にかかったほうがいいかもしれません」

以前、親知らずが生えてきた時、あまりの痛みに薫は咽《むせ》び泣《な》いた。痛み止めも効かなかった覚えがある。確か、同時期に同じ年頃の女性スタッフも、親知らずで口腔外科の診察を受けていたはずだ。

抜いたほうがいい、と当時の口腔外科医にも言われたが、薫は作り笑いで逃げた。親知らずを抜く痛みについてはあちこちで聞いている。

歯科医が親知らずを抜こうとしても抜けず、死《し》の淵《ふち》を垣間見《かいまみ》たのは先代の主任だ。抜けない、あれ、抜けない、抜けないぞ、と抜けない親知らずに戸惑う歯科医には殺気を抱いたらしい。

「本来ならば僕が診《み》てさしあげたいが、口腔外科ばかりは……いえ、やはり、僕が……いえ、僕では……」

いつになく芝がジレンマに陥《おちい》っていた。

かつて薫が麦粒腫《ばくりゅうしゅ》で眼科の診察を受けると、芝は嫉妬心《しっとしん》で荒れに荒れた。専門外のくせにだ。

薫は歯磨きを終えると、手をひらひらさせた。

「……ま、そのうちに」

親知らずや口腔外科医の話はできるならば避けたい。薫は問題を先送りにする政治家の気持ちがわかったような気がした。

た。

「フロスもしたほうがいいのか？」

薫は面倒くさくてフロスまでする気がない。正直に言えば、上手《うま》くフロスが扱えなかった。

「当然です。併用しましょう」

歯は大切です、と芝は静かに力説した。

「そっか、風呂から出たらするよ」

薫は全身にシャワーを浴びた後、芝を残してバスルームから出た。芝が寂しがるのでバスルームのドアを開けたまま、濡《ぬ》れた身体をバスタオルで拭《ふ》く。

下着を身に着けた後、医師である芝の注意に導かれるまま、無意識のうちに洗面台にあるフロスを手にした。

下の歯にフロスを通して引っ張る。なかなか根気のいる仕事だ。

「……ん？」

奥歯にフロスを通したが抜けない。

力任せにフロスを引っ張った瞬間、口腔内に違和感が走った。奥歯の感触が今までと明らかに違う。

舌には異様な塊《かたまり》がある。

「……あっ」

舌に吐きだしたものを見て、薫は愕然《がくぜん》とした。なんのことはない、奥歯に詰めていたものが外れてしまったのだ。

「うわーっ」

薫の絶叫に芝がバスルームから飛びだしてくる。

「どうしました？」

芝に心配そうな顔で覗《のぞ》かれ、薫は力なくポツリと答えた。

「歯に詰めていたものが取れた」

舌で奥歯をなぞると、穴がぽっかり空いているのがわかる。いつ治療したのか忘れたが、奥歯は何度も虫歯になったような気がした。

「そんなことですか」

芝が安堵《あんど》の息を漏らしたので、薫は目を吊《つ》り上《あ》げて非難した。

「そ、そんなこと、とはなんだよ」

これではいやでも口腔外科の診察を受けなければならない。薫は死刑宣告を受けた気分だ。

「今日にも口腔外科に行きなさい。歯石を取り、親知らずも診てもらったほうがいいでしょう。斜めに生えていたら、抜いたほうがいいのは間違いありません。ただ、下の親知らずだと抜歯後はひどく痛みます」

　仕事が手につかなくなるかもしれません、と芝は患者に接するようにつらつらと説明する。僕と愛し合うこともできなくなるかもしれない、と芝は男としての無神経な懸念をつらそうに口にした。

「フロスなんてしなければ無事だったのに」

　薫はフロスを勧めた芝が憎たらしくなってしまった。フロスに手を伸ばした自分も恨めしくなる。

「フロスで詰め物が外れるなんて劣化していたとしか思えませんが？」

　芝はバスタオルで自分の身体を拭きだした。何をしても絵になる男だ。

「劣化？　劣化するほど昔に治療したのかな？　ヤブ歯医者だったのかな？　明和の歯科医は……あ、口腔外科部長は酔っぱらって階段から落ちて右腕と右足を骨折したんだよな……若いのが代わりに来ていたっけ……」

　薫は虚《うつ》ろな目でブツブツと独り言のように呟《つぶや》いた。タイミングが悪いとしか言いようがないのだが、口腔外科部長は右腕と右足の骨折で休んでいる。代わりに派遣された歯科医の評判はいいようだが、三十にふたつ足した程度だ。医師としてはまだ若い。

「薫くん？　口腔外科部長の復帰を待つ必要はありません。ですが、新しく派遣された口腔外科医はお勧めできません」

腕はいいが人格に問題がある、と芝は渋面で新しい口腔外科医を評した。もっとも、芝がほかの医師を褒めることは滅多《めった》にないのだが。

今日、明和病院にはほかにも口腔外科医はいるが、三十歳前で若すぎるせいか信用できない。薫自身、三十歳前の若手医師の診察は受けたくなかった。

人格者でも腕が悪ければ医師としては失格だ。

腕がよくて性格の悪い医師のほうがマシである。たとえ、医師から言葉の暴力を振るわれても。

「どうすりゃいいんだよ」

朝っぱらから落ち込んでいる暇はない。薫は洗面台から離れて、ウォークインクローゼットから取りだしたワイシャツに袖《そで》を通す。スーツのズボンを身につけ、ネクタイを締めた。

「薫くん、朝食は？」

芝は薫の後を悠々と追ってきた。

「一気に食欲がなくなった」

口腔外科を受診することを考えると、何も喉を通りそうにない。キーン、という歯を削る恐怖の機械音が耳に響いている。

「それ以上、痩《や》せないでほしいのに」

芝は真剣な目で薫の華奢《きゃしゃ》な身体を眺めた。情欲に塗《まみ》れてはいない。

「歯をなんとかした後に食べるよ」

薫が目の前に立ちはだかる試練を口にすると、芝は切れ長の目を細めた。

「薫くん、口腔外科にかかった後、しばらくの間は食事を控えたほうがいい。そのように指導されるはずですよ。もし、麻酔を使われたら、痺《しび》れて何も食べられないでしょう」

痛みを和《やわ》らげるための麻酔、と聞いて薫の神経が尖《とが》った。

「ま、麻酔？」

薫の前に無間地獄《むげんじごく》が広がる。

「明和の口腔外科医は無痛診療を心がけているそうです」

患者に痛みを感じさせないように、明和病院の口腔外科は細心の注意を払っている。評判はそんなに悪くはない。

「それは俺も知っているけど、麻酔をしなきゃならないほど、治療は大変で痛いのか？その、新しい詰め物を入れるだけじゃすまないのか？　ちょいちょいと詰めたら終わりじゃないのか？」

薫は祈るような気持ちだったが、芝は抑揚のない声で答えた。

「僕には判断できません。専門医に聞いてください」

「……うっ、とうとう歯医者かよ。真蓮《しんれん》の予言が当たった」

今年は年回りが悪い、災難は続くでしょう、と霊能者の真蓮に予言されている。じっと耐えて過ごすしかない、とも言われた。

「薫くん、何を言っているのですか。真蓮などという不届きな輩《やから》の戯言《ざれごと》を真に受けないでください。災難が続くなんていう予言は、薫くん相手ならば誰でもします。そそっかしい薫くんならば何かしらするでしょうから」

芝は高飛車な態度で一気に言った後、ワイシャツを身につけた。素早い動作でスーツのズボンも穿《は》く。

「そ、そそっかしいだと？」

薫の身体は怒りでわなわなと震えた。

「君は誰よりもそそっかしい。僕は気が気でなりません。もう二度とカビ入りのコーヒーを飲まないように注意してください」

芝にぴしゃりと言われ、薫はぐうの音《ね》も出なかった。

「……うっ」

そそっかしい、と注意されたのは芝が初めてで終わりではない。優しくて真面目《まじめ》な内科医の氷川《ひかわ》にまで言われてしまった。芝に咎《とが》められるより何倍もこたえる。

「カビの生えている菓子パンも口にしてはいけません」

鞄《かばん》に放置していた菓子パンを食べようとしたが、いつの間にか、カビが生えていた。芝に止められなければ食べていたかもしれない。

「わ、わかってる」

カビ入りコーヒーを飲んだ後の苦しみは忘れようがない。二度と口にしたくはなかった。

「薫くん、お腹《なか》が空《す》くでしょうから、パンぐらい食べていったらどうですか?」

芝は宥《なだ》めるように薫の頬《ほお》に優しいキスを落とした。絶倫男の純粋なキスだ。

「うん」

薫が従順に頷くと、芝は微笑を浮かべた。嬉《うれ》しいらしい。

「フランスパンにチーズとハムを挟みますか?」

芝に肩を抱かれて、薫はリビングルームに向かう。

時間があれば芝は意外なくらい家事をした。あまり手際《てぎわ》はよくないが、いつも率先してキッチンに立つ。薫がカップラーメンやコンビニ弁当、ファストフードを食べるといやがった。芝は芝なりに薫の健康を気遣っているのだ。

もっとも薫にしてみれば腰への思いやりが欲しかったが。

「センセイ、ほかの歯の詰め物が取れると困るからフランスパンはやめてくれ。柔らかいパンがいい」

フランスパンは好きだが、今の状態で食べたいとは思わない。現在の薫にとってフランスパンは凶器だ。口腔外科の恐怖が薫を縛っていた。

「フランスパンを食べたぐらいで詰め物が取れたら劣化している可能性が高い。早急に治療したほうが賢明です」

芝はにべもないが、薫は怯《ひる》まなかった。彼の広い背中を万感の思いを込めて叩く。

「俺に惚《ほ》れているならふわふわのクロワッサンにしてくれ」

薫は籐《とう》のバスケットに盛られていたパンを思いだした。フランスパンのほかにクロワッサンがあったはずだ。

「仕方ありませんね」

芝は軽く息を吐いた。人の話を聞かない男が珍しく折れたのだ。

テーブルにはチーズとハムを挟んだクロワッサンが用意される。薫はコーヒーとともにクロワッサンを味わった。

朝食を終え、再度、薫は慎重に優しく歯を磨く。身なりを整えてから、薫は芝と部屋を出た。エレベーターで下に降りる。

芝は愛車のロータスエスプリで通勤していた。明和病院まで車で十五分ぐらいだ。

「薫くん、今朝は僕が車で送ります」

ふたりの関係が周囲にバレないように、薫は電車とバスを使って通勤している。自宅のワンルームマンションと違って、芝の高級マンションは最寄りの駅に近いから便利だ。しかし、今朝は芝の申し出を承諾した。口腔外科行きのショックが大きい。

「ああ、途中まででいいから」

疾《やま》しすぎて芝と肩を並べて勤務先に出勤する度胸はない。そもそも芝は病院内で女性からの人気がすこぶる高く、いつでもどこでも注目の的だ。芝の隣にいるだけで薫も噂に上ってしまう。芝について医事課の女性スタッフにあれこれ尋ねられるのも避けたい。

「そんなに気にする必要はありませんよ」

芝は口元を軽く歪《ゆが》め、薫の懸念を一蹴《いっしゅう》する。

「バレたらヤバいだろう」

薫は顔を引《ひ》き攣《つ》らせたが、芝は平然としていた。

「僕は構いません」

ポーズでも冗談でもなく本気だ。芝の主張は一貫して変わらない。薫に対する想《おも》いは真《ま》っ直《す》ぐだ。

そんな芝が薫にしてみれば愛しくも怖い。

「絶対に隠し通すぞ」

薫は思い切り力むと、エレベーターから降りた。

駐車場には何台もの高級車が停《と》められている。グレードの高いベンツや派手なポルシェもあった。

「公表しませんか」

芝は広い駐車場を進みつつ、なんでもないことのようにサラリと言った。

「絶対に駄目だ。医者のセンセイのためでもあるんだぞ。センセイのほうがリスクは高いぞ」

未《いま》だかつて病院内で同性愛者のカップルが晒《さら》されたことはないが、しがない医療事務員より将来を嘱望《しょくぼう》されている整形外科医のほうがスキャンダルのダメージは大きい。芝の診察を受ける男性患者にも動揺が走るだろう。

「君は僕のものだと公表したい。深津《ふかつ》先生の言動は目に余る」

深津の名前を口にした瞬間、駐車場に芝の怒気が広がった。

若手外科医の深津達也《たつや》は芝と病院内の女性の人気を二分する美男子だが、爽《さわ》やかな外見とは裏腹に性格にはなかなか癖がある。いや、医者独特のいやらしさはなく、さっぱりとした外科医なのだが、いろいろな意味で問題のある男なのだ。

「深津先生はお前が妬くのが楽しくって俺に手を出しているだけだ。お前が妬かなきゃ、深津先生は俺には声もかけない」

深津にはひょんなことからふたりの関係を知られてしまった。以来、薫はちょっかいを出されている。こともあろうに、深津は自分に振りかかった縁談を断るために、薫を同性の恋人に仕立て上げた。タチが悪いなんてものではない。そのせいで、薫は深津の恋人だと揶揄《からか》われるようになった。

もっとも、病院内のスタッフは誰も本気にしてはいない。誰もが薫をスケープゴートだと知っている。

だが、独占欲の強い芝は怒《いか》り滾《たぎ》っていた。

「深津先生は不届きにも可愛い君を狙《ねら》っています」

深津は薫の臀部《でんぶ》に手で挨拶をする。病院内でキスマークをべったりつけられたこともあった。

深津を追いかけ回していた女性スタッフの前でキスをされたこともある。

『俺たち、ホモなんだ～っ。薫ちゃんは恥ずかしがり屋さんでね。まぁ、そんなところも好きなんだけど』

薫は深津のキスを拒む間もなかった。

噂には尾鰭《おひれ》がつき、芝の耳に届いた時はとんでもないスキャンダルになっていたのだろう。当の深津が率先して噂を吹聴《ふいちょう》するのだから当然といえば当然だ。薫にすればたまったものではない。

「それは一〇〇%ない。深津先生の性格を考えればわかるだろう」

深津にそちらの趣味がないのは明らかだった。悔しいが完全に遊ばれているのだ。

「僕の薫くんに触れる深津先生が許せない」

芝にとって薫に近づく男はすべて敵だ。怜悧な美貌《びぼう》に暗い影が走り、周囲の空気もざわめく。

「おい、目の色がおかしいぜ」

薫は正気を取り戻させようと、芝のシャープな顎を摩《さす》った。

「深津先生に触らせる薫くんも許しがたい」

芝の怒りは深津のみならず薫にも向けられた。

「俺の話を聞いてくれ」

人の話を聞かないのは患者以外にもいる。芝も人の話に耳を傾けようとはしない。言うまでもなく、彼は自分の欠点に気づいていない。もしかしたら、自分に欠点があると考えたことさえないのかもしれない。

「薫くん、君は僕以外の男に触れさせてはいけません。今日、口腔外科にかかるのは控えてください。僕が診ます」

嫉妬に狂った芝が暴走しだした。

「整形外科医に歯は無理だ。歯も骨の一種だ、とか朝っぱらからブチかますなよ」

「今日、僕の診察を受けるように」

「俺はお前に医療ミスをさせたくない」

いつまでたっても嚙《か》み合《あ》わない会話を交わしつつ、薫は芝がハンドルを握る車で勤務先に向かう。もちろん、薫は途中で降ろしてもらったが。

明和病院は高級住宅街が広がる小高い丘の中腹に建っている。豊かな自然は秋の色に染まり、イチョウの木の下にはたくさんの銀杏《ぎんなん》が落ちていた。朝の風がとても心地よい。

スタッフ専用出入り口から入り、医事課に向かって歩いていると、背後に人の気配を感じた。

瞬時に身構えたが、臀部を撫《な》でられる。

「薫ちゃん、今日も可愛いね」

案の定、深津の爽やかな声が聞こえてきた。女性スタッフの注目を一身に集める若手外科医は、薫の臀部を嬉々《きき》として撫でくり回している。ここ最近では深津の薫に対する挨拶と化していた。

「やめてください」

薫はそそくさと深津の手から逃げようとしたが、腰に激痛が走り、その場にしゃがみ込んでしまう。

芝を恨まずにはいられない。

「薫ちゃん、どうしたの？　感じちゃった？」

深津は茶目っ気たっぷりに言うと、薫のそばに屈《かが》んだ。玩具を見つけた子供のような無邪気さが漂っている。

深津の手はどんな体勢でも薫の臀部を彷徨《さまよ》う。けれど、芝とは触り方がまるで違う。危機感はないが、受け入れられない。

「深津先生、俺のケツを触るのやめてください」

今までに何度も頼んだが、薫は改めて縋るような目で言った。

「減るもんじゃないし、いいだろ」

深津は薫の肩に腕を回し、顔を近づける。傍目《はため》にはいちゃついているように見えるかもしれない。

薫は周囲に人がいないか見回した。不幸中の幸い、辺りに人はいない。階段から声も聞こえてこなかった。

「男のケツを触っても楽しくないでしょう」

どんな美男子であれ、率先して触りたいとは思わない。たとえ、芝であってもだ。

「薫ちゃんなら楽しい。この世にこんな楽しいことがあるなんて知らなかったよ。俺は薫ちゃんに出会えて幸せだ」

深津の目はオペが決まった時のようにらんらんと輝いていた。若手ながら腕のいい深津は、切って切って切りまくって腕を上げた切り魔だ。切らなくてもいいのに、切ったらしい。当然、切り魔は薫の盲腸も狙っている。

「外科の看護師さんも内科の看護師さんも婦人科の看護師さんも総務のスタッフも深津先生に触ってほしいそうです。全身グッチの患者さんも全身シャネルの患者さんも全身エルメスの患者さんも全身ゴスロリのお嬢さんも、触ってあげてください」

薫は畳みかけるように深津狙いの女性を羅列した。

深津に恋い焦《こ こ》がれている女性スタッフは多い。報われないと諦《あきら》めている女性もかなりの数に上るようだ。

「女性に触れたら大問題だよ」

深津はキスをするように薫の頬に唇を突きだした。

このままだと深津に確実にキスされてしまう。断固として、深津のキスは阻止しなければならない。薫は深津の唇を手でガードする。

しかし、深津にペロリと手を舐《な》められた。

「うわっ」

薫が慌てて手を引っ込めると、深津はニヤリと笑った。

「可愛いな」

深津は薫の反応も楽しんでいた。

「……そ、そんな話はいいんです。深津先生なら問題になりません。セクハラ騒ぎの心配は無用ですよ。どこでもいいので触ってあげてください」

薫は顔を痙攣《けいれん》させて、話を強引に戻す。可愛いなど、男から言われたくはない。コンプレックスが刺激される。

「女性に触ったらおしまいじゃないか」

セクハラだと騒ぎ立てられないが、深津ならば結婚を仄《ほの》めかされる。身体で押し切られるかもしれない。

女に身体で迫られたら男は拒めない、俺は大変なんだ、と深津は愚痴を漏らしたことがあった。下半身の欲望に抗《あらが》えない男の苦悶《くもん》だ。

一度でいいから女に迫られてみたかったな、と薫は羨《うらや》ましくさえ思ってしまった。虚しくも物悲しい。

「結婚してあげればいいじゃないですか」

深津は各方面から持ち込まれる良縁を断り続けている。薫を口実に断った縁談も少なくはない。

医事課の女性スタッフと不倫していた内科医に『深津先生のお稚児《ちご》さん』と薫は呼ばれた。自称ミュージシャンの眼科医に『深津先生のホモ相手』と薫は呼ばれた。宗教団体に所属している心臓外科医に『深津先生の男色相手』と薫は呼ばれた。女癖の悪い外科医に

『副院長の娘との見合いを断らせた相手』と薫は呼ばれた。誰も本気にしていないらしいが、どれもこれも薫にしてみれば腹立たしい限りだ。

「俺の気持ちは知っているだろ」

深津は医師という職業に魅かれて群がる女性が好きではない。また、彼は庶民派でもあった。家の中をシャツとパンツでうろつかせてくれない妻は避けたいらしい。深津に持ち込まれた見合い話は錚々《そうそう》たる名家の令嬢ばかりだった。

「俺がどんなに困っているか、わかっていますよね？」

薫はここぞとばかりに深津を睨《にら》みつけた。

「何？　お坊ちゃまセンセイが妬くの？」

深津の顔も心も弾んでいるらしく、周りの空気がやたらと明るい。お坊ちゃま、とは東《とう》都《と》銀行頭取の息子である芝のことだ。芝が明和病院に出資している都市銀行頭取の息子だと知った時には薫も驚いた。

「わかっているんじゃないですか」

薫は腹立ちまぎれに深津のネクタイを引っ張った。心なしか、芝の高級ブランドのネクタイとは手触りが違う。

「お坊ちゃまは妬いたらどうなる？」

深津も芝も三大スケベ職業のひとつである医師だ。嫉妬に狂った芝がどうなるか、わかっているくせにいちいち尋ねる。

「そんな想像はしなくてもいいです」

「昨日は寝かせてもらえなかったのか？　何をされたんだ？」

深津がいやらしく口元を緩めたが、男としての下心は微塵《みじん》も感じない。彼は本当は女性が好きだ。

「深津先生、俺で遊ぶのはやめてください」

日々、深津のストレス発散を担《にな》っている気がする。

「薫ちゃんが可愛すぎるからいけないんだよ」

油断していたわけではないが、薫は唇に深津のキスを落とされた。チュッ、という軽快な音を立てて離れていく。

「こ、このっ」

薫が深津に殴りかかろうとした時、廊下の片隅に若手の内科医を見つけた。おそらく、スタッフ専用出入り口から医局に向かう途中だったのだろう。

深津は若手内科医に気づいたから、薫の唇にキスをしたのだ。わざと見せつけるために。

「邪魔するな」

深津は硬直した薫を抱き締めると、若手内科医に先輩顔で言い放った。

「はい、お邪魔はしません」

若手内科医は楽しそうに一礼すると、足早に通り過ぎていく。間違いなく、このキスの噂は電光石火《でんこうせっか》で病院内を駆け巡るだろう。

当然、芝の耳にも届くはずだ。

「薫ちゃんと俺、これで晴れて公認かな」

深津の嬉しそうな声で、ようやく薫は我に返った。

「ひ、ひでぇ、わざと……わざとですねっ」

薫は真っ赤な顔で凄んだが、まったく迫力がない。潤んだ目も紅潮した頬も可愛いだけだった。

「俺と交際宣言しよう」

深津は一昔前のアイドルのような笑顔を浮かべた。

「死んでもいやです」

「おすましお坊ちゃまとの関係をバラされたくないだろ？」

薫は深津の脅迫に屈したりはしない。そもそも深津にそういった汚さはない。だからこそ、嫌えないのだ。

「脅《おど》しても無駄ですよ」

薫が吐き捨てるように言うと、深津は真剣な顔で首を振った。

「俺は薫ちゃんとなら愛し合える気がする」

表向き深津は真面目だったが、芝の愛の言葉とはまるで違う。薫はいっさい動じず、風のように流した。

「うちの加倉井《かくらい》くんをよろしくお願いします」

医事課の新入り、男性スタッフの加倉井早紀《さき》は、深津にいたくご執心だ。薫も加倉井を応援している。

「加倉井教授のドラ息子は可愛くない」

薫が加倉井の名前を出した途端、深津は口元を派手に歪めた。

加倉井が清水谷《しみずたに》学園大学の理事の息子でなければ、深津が裏の手を使って退職させていたかもしれない。

「深津先生を慕う姿は可愛いですよ」

加倉井は大手芸能プロダクションに所属していた元アイドルの卵で、絵本の世界から飛びだしてきたような王子様系の美男子だ。芝の容姿に見慣れている薫も、まじまじと見惚《みと》れてしまった。だが、際立つルックスとは裏腹に頭の中身は途方もなく悪かった。馬鹿《ばか》なんていう言葉ではすませられない加倉井に、何度も腰を抜かしかけたものだ。

「加倉井家の白痴美、そろそろクビにするか」

深津の表現は辛辣《しんらつ》だが、加倉井は限度を超えている。

「そんな可哀相《かわいそう》なことを言わないでください。あれでも役に立つ……仕事を増やしてくれますが……いくつも仕事が増えて困りましたが性格はいいんですよ……うん、いい子なんですよ。医事課で俺以外、唯一の男なんですよ……」

いつまで忍耐の日が続くんだろう、今年いっぱいかな、と薫は独り言のようにボソボソと続けた。

それだけで聡《さと》い深津は思い当たることがあったらしい。ガラリと話題を変えた。

「安孫子《あびこ》先生から聞いたが、インチキ霊能者を紹介されたんだって？」

深津に張りのある声で言われ、薫は思い切り動揺した。

「……え？　はい、深津先生も知っているんですか？」

「真蓮はインチキだ。信用するな」

深津は忌々しそうに断言した。彼も芝と同じく目に見えない世界に凄《すさ》まじい嫌悪感《けんおかん》を抱いているようだ。

「そうなんですか」

芝に続いて深津にも断定され、薫の真蓮に対する評価は一段と落ちた。

「おすましお坊ちゃまは可愛い薫ちゃんをインチキ霊能者に近づけるような男だったんだな」

深津が馬鹿にしたような目つきで、薫と同じ屋根の下で暮らしている芝を侮辱した。

「……は?」

薫が目を丸くして聞き返すと、深津は意味深な笑みを浮かべる。

「そんな男に可愛い薫ちゃんを任せられない」

芝に対する辛辣な侮蔑《ぶべつ》と挑戦に、薫は大きな溜め息をついた。

「そうやって煽《あお》るのはやめてください。苦労させられるのは俺なんですから……っと、時間だっ」

なんの気なしに腕時計で時間を見て、薫は声を張り上げた。受付開始時刻が迫っている。いつまでも床にへたり込んでいるわけにはいかない。朝の総合受付の忙しさは半端《はんぱ》ではなかった。

「薫ちゃん、もう一度言う、二度とインチキ霊能者に近づくな。当分の間、安孫子先生にも近づかないほうがいい」

深津は恐ろしいぐらい真摯《しんし》な目で、芝と同じ注意を口にした。薫を案じているからこその言葉だ。勤勉な安孫子が心配だが、今、その懸念は忘れることにする。

「はい」

薫は腰に力を入れ、ゆっくり立ち上がる。深津に挨拶代わりの会釈をしてから医事課に向かった。

外来患者はオープンカウンター式の総合受付で受付をしてから各診療科に行く。診察後は処方箋《しょほうせん》と会計伝票を持って総合受付に戻ってくる。

午前中、総合受付で患者が途切れることはない。総合受付にあるいくつもの長椅子《ながいす》は患者で埋めつくされていた。

「風邪をひいたみたいなんですが」

初診受付にいる新しい患者に応対しているのは新入りの加倉井だ。薫は隣で聞き耳を立てていた。一日も早く加倉井に独り立ちしてもらわないと受付は全滅する。いや、独り立ちしなくてもいい。半人前でも充分だ。

「外科ですね」

加倉井が風邪患者を外科に回そうとしたので、薫は慌てて口を挟んだ。

「内科です」

加倉井はきょとんとした面持ちで風邪患者を内科に受け付けた。いったいどういう思考回路をしているのか不明だが、加倉井は頭痛も発熱も口内炎も外科に回す癖がある。どんなに説明してもなかなか理解できないようだ。

ちなみに、加倉井は『整形外科』『耳鼻咽喉科《じびいんこうか》』『泌尿器科』『診療科』の漢字も難しくて読めなかった。前代未聞のスタッフである。どんなに使えないスタッフでもそういった漢字は読めたからだ。

薫は加倉井のフォローをしつつ、自分でも患者をさばいた。そして、口腔外科外来の受付をした。

「診察、最後にしてください」

午前中の外来診察の最後でなければ、薫は猫の手も借りたいほど忙しい総合受付を離れられない。

「わかりました。最後ね。今日は患者さんが多いから、確実に二時はすぎるわよ」

顔見知りの看護師は笑顔で承諾してくれる。口腔外科医の指名をせずに、足早に総合受付に戻った。

加倉井が今度は中耳炎の患者を外科に回そうとしている。薫は加倉井の背中を叩いて止めた。

「加倉井くん、耳鼻咽喉科だ」

中耳炎の患者は加倉井のルックスに見惚れている。外科発言もまったく気にしていないようだ。

薫は容姿の威力をひしひしと感じた。

一息つく間もなく、目まぐるしい時間が続く。

ようやく、午前中の外来受付の時間が終了した。それでも、バスから降りた患者がわらわらと受付にやってくる。

「バスが遅れたのよ、文句はバスに言ってちょうだい」

患者はバスを悪し様《あざま》に罵《ののし》ったが、受付に立つスタッフならば知っている。今、到着したバスは午前中の受付に間に合わない。患者は受付時間に遅れることがわかっていたはずである。

けれど、薫はそういったことは一言も口にしてはいけない。

薫は各診療科に断りを入れてから、時間遅れの患者の受付をした。診療科と患者の板挟みになる受付はつらい。

人間ドックの問い合わせの電話に応対した後、加倉井と一緒に休憩を取る。狭い休憩室で仕出し弁当を食べた。

「深津先生が冷たくって、僕のハートが潰《つぶ》れそう」

加倉井はクラムチャウダーをスプーンで掻《か》き回《まわ》しながら言ったが、まったく悲愴感《ひそうかん》はない。

「頑張れ」

薫は箸《はし》を持った手を振り上げ、加倉井にエールを送った。

「はい、深津先生は僕のものです。女に手を出すなとオヤジに言われたけど、男に手を出すな、とは言われていません。堂々と幸せになりますから」

深津との幸せな未来を描いているのか、加倉井の表情はとても明るかった。

「そうしてくれ」

ルックスだけで女性を魅了する加倉井の女遍歴は半端ではなかった。少し聞いただけでも唖然《あぜん》としたものだ。父親の頭痛の最大のタネだったらしいが、事実、病院内の女性スタッフや女性患者からも秋波を送られている。

「でも、深津先生は久保田《くぼた》主任がいいそうです。久保田主任、顔もお尻《しり》も可愛いですよね」

加倉井の屈託のない言葉に、薫は口にしていた厚焼き卵を噴きだした。

「ぶはーっ」

どのような場面で深津が言ったのか、ある程度予想がつくだけに腹立たしい。深津は加倉井にしつこく口説かれ、面倒くさくなって薫の名前を口にしたのだろう。

「どうしました？」

加倉井は箸で蒲鉾《かまぼこ》を摘《つ》まんだまま、あっけらかんとしている。彼に悪気はいっさいない。

「……あ、あのな」

薫は自分を落ち着かせるために、机に飛んだ厚焼き卵の欠片《かけら》を、休憩室の片隅に置かれていたティッシュで拭く。

「深津先生は久保田主任の異常なくらいのドジっぷり？　マヌケっぷりも好きだって言ってました。飽きないそうです」

加倉井は明るい顔で歌うように言った後、蒲鉾を口に放り込んだ。美味《おい》しそうに咀嚼《そしゃく》する。

「マ、マヌケっぷりだと？」

ビジュアル系ミュージシャンに似ていると評判の加倉井の顔を、薫は真正面から睨み据えた。

「久保田主任のマヌケっぷりが好きなんだから、僕の馬鹿っぷりも好きだと思うんです。そうでしょ？」

加倉井は数多《あまた》の女性を虜《とりこ》にする微笑を浮かべた。瞬く間に夜叉《やしゃ》と化した薫の形相《ぎょうそう》に気づいていない。

「一緒にするな」

かすかに残っていたプライドか、薫は威嚇《いかく》するように机を叩いたが、加倉井のシグナルは深津に向いている。

「僕と深津先生は愛し合っていると思うんですが」

愛し合っている、というイメージトレーニングを加倉井は積んでいるらしい。効果があるのか、薫にはまったくわからなかった。

「じゃ、深津先生をなんとかしてくれ」

「芝先生に頼んで、薬かなんかで眠らせてもらえませんか？　芝先生ならば深津先生を眠らせてくれますよね？」

加倉井は無邪気な笑顔で有効かつ、手っ取り早い手段を口にした。芝は誰よりも強く深津排除を願っている。

ちなみに、加倉井は芝と薫の関係を知っている数少ない病院スタッフだ。ひょんなことから知られてしまった。

「それは犯罪だから別の手で」

薫は首を左右に大きく振った。

「犯罪なんですか？」

加倉井は怪訝な顔で首を傾《かし》げている。

「そうだよ」

「では、久保田主任が深津先生を眠らせてくれませんか？」

今さらかもしれないが、加倉井の頭の中が不思議でならない。薫は根気よく加倉井に接した。

「だから、誰がやっても犯罪なんだよ。駄目だ」

「僕がやればいいんですね。えっと、ビタミン剤を密《ひそ》かに飲ませたら眠くなるんですよね」

もうどこからどう訂正したらいいのかわからない。

「……う、う、う」

薫はいろいろな意味で規格外の加倉井に深津封じを託したくなる。深津にどんな態度を取られても、まったくへこたれない加倉井は称賛に値する。落ち込む脳ミソがない、と深津は断言していた。薫が同意するわけにはいかないが、加倉井のパワーと情熱は見事だ。

仕出し弁当を平らげて缶コーヒーを飲んでいると、休憩室の電話が鳴り響いた。受付からの連絡だ。

『久保田主任、口腔外科から連絡がありました。診察の順番が回ってきたみたいですよ』

元気のいい女性スタッフの声が耳に気持ちいい。主任である薫がいなくても、受付業務をきっちりこなしてくれる女性スタッフだ。

「ありがとう」

薫は受付のスタッフに礼を言ってから受話器を置いた。

「俺は口腔外科に行ってくる」

薫は仕出し弁当の残骸《ざんがい》をごみ袋に放り込んだ。食事後であり、受付の忙しさも緩和されつつあり、診察はちょうどいい時間帯に当たった。

「歯のクリーニングですか？」

薫は歯のクリーニングは知っているが、今までに一度も経験したことがない。加倉井らしい返答に軽く笑った。

「いや、歯の詰め物が取れたんだ」

薫は開けた自分の口を指で差した。

「歯の詰め物が取れたなら外科じゃないんですか?」

加倉井は薫の口を覗き、真剣な顔で尋ねた。

「加倉井くん、どうして歯の治療で外科になるんだ?」

薫はさらに口を大きく開け、加倉井に歯を見せた。

「え? 外科だと思ったのに」

「口の中は口腔外科だ、頼むから覚えてくれ」

薫は加倉井の肩を鼓舞するように叩いた。父親である大学教授にDNA検査された理由がわかってしまった瞬間だ。加倉井本人、気にしていないのが何より素晴らしい。

「久保田主任、怖くないですか? 僕もついていきましょうか?」

加倉井は心配そうな顔で付き添いを口にした。薫が心配でならないらしい。

「いや、いいよ」

薫は加倉井の気遣いに苦笑を漏らした。

「でも、歯医者でしょう? ラマーズ法でしょう?」

加倉井は付き添う気満々で腰を浮かせる。

「ラマーズ法？　なんで歯医者でラマーズ法？」

ラマーズ法とは無痛分娩法《むつうぶんべんほう》の一種である。口腔外科でラマーズ法が必要だと聞いた記憶は一度もない。

「僕の前の前の前の前の……その前の前の彼女だったかな？　歯医者でラマーズ法が役に立ったって」

僕のオヤジは俺が『ラマーズ法』の単語を知っていたんでびっくりした、と加倉井は高らかに笑った。

「……いったい歯医者で何があったんだ……あ、俺は行く」

ラマーズ法について確かめている時間はない。薫は歯を磨いた後、口腔外科に早足で向かう。看護師が笑顔で迎えてくれたが、薫の気分は晴れない。

レントゲンを指示されて、薫はレントゲン室に入った。

詰め物を詰めるだけだからレントゲンなんていらないだろう、昔、近所のお爺《じい》ちゃん歯医者は滅多にレントゲンを撮らなかったぞ、レントゲンなんて撮りたくないぞ、これは点数稼ぎのレントゲンだな、そうだよな、と薫は心の中で文句を言った。本当ならば大声で言いたい。

レントゲンを撮った後、薫は名前を呼ばれた。診察台がある処置スペースに進む。

メガネをかけた口腔外科医の正木《まさき》脩一《しゅういち》が薫のカルテを眺めていた。口腔外科部長の代わりに清水谷学園大学の医局から派遣された口腔外科医だ。

明和病院は院長を筆頭に清水谷学園大学卒業の医師が多く、俗に『清水谷系』と呼ばれていた。芝も清水谷学園大学の医学部を卒業している。

「よろしくお願いします」

薫は正木に深々と一礼した。

「受付の可愛い男の子だな？　深津先生の彼女か」

正木の第一声に薫は唸ってしまった。

「……うっうううううううう……ち、違います」

「今日、医局で深津先生のノロケを聞いた。俺の薫ちゃんに手を出すな、とも宣言された」

マスクをしているのでどんな表情か不明だが、揶揄《やゆ》している気配はなかった。恐ろしいことに、本気にしているのかもしれない。

「深津先生は医局でそんなことを言っているんですか」

深津らしい所業に薫の下肢は震えた。頭の中で深津に右ストレートとアッパーをお見舞いする。これぐらいしないと許せない。

「深津先生は君のためにマイホームを検討している」

正木
久保田

深津は薫と暮らす愛の巣の購入を考えているそうだ。老後を考慮したのか、第一条件はバリアフリーだという。

本当に老後を考慮したら、介護つきのマンションを考えるはずだ。悪質なところも多いので入念に調べなければならない。

「俺のためのマイホームじゃなくて、深津先生自身のマイホームを考えているんだと思います。深津先生の悪い冗談に乗せられないでください」

薫は訴えるような目で正木を見つめた。

「君と深津先生は院内でも堂々と愛を語り合うそうだね？」

「誤解ですっ」

薫は手を振り回し、力の限り凄んだ。

「君は深津先生との関係で悩んでいるのか？　私より役所に相談したほうがいいのではないか？　人生相談は苦手だ」

正木は一本調子で言うとワゴンにカルテを置いたが、薫は何がなんだかわからなかった。

「……へっ？　あ、あ、あの、俺は歯の治療に来ました。歯に詰めていたものが取れたんです」

薫は口を開けて、人差し指で歯を差した。

口腔外科の診察室にやってきた薫の用件は、わざわざ聞かなくてもわかるはずだ。きちんと受付はしているし、カルテも回されている。処置室には消毒済みの医療機具も揃《そろ》えられていた。

「君は歯の治療で来たのか」

正木はメガネをかけ直し、薫を真正面から確認するように見つめた。

「そうです」

新入りの口腔外科医は謎《なぞ》だ。規格外の加倉井並みに謎かもしれない。薫の不安はますます大きくなった。

「君は幸運だ」

私の診察が受けられて幸運だ、と言外に匂わせている。スタッフに対する冗談交じりのポーズかもしれないが、新入りの口腔外科医はかなりの自信家だ。

「……は、はい?」

「こちらに」

正木に促されるままに、薫は診察台に上った。喩《たと》えようのない恐怖で胸が張り裂けそうだ。

逃げるか、と一瞬考えたがそういうわけにもいかない。

「同じ勤務先ですが、受付はスタッフが足りなくて大変なので、短期間で終わらせてほしいんです」

その気になれば二、三回で終わる治療を、点数稼ぎのために何回も通わせる歯科医の話は少なくはない。単なる点数稼ぎではなく、一度の治療で患者に大きな負担がかからないようにするためだという歯科医もいた。歯の治療ひとつにしてもそれぞれの思いと考えがある。

「わかりました。口を大きく開けて」

正木の指示に従い、薫は口を大きく開けた。

その後、正木は何も言わず、手早く治療を進める。腕がいいとは聞いていたが、危なっかしい手つきではない。

すぐに麻酔の注射を打たず、表面麻酔から治療を進めたが、これといった痛みは感じなかった。口腔外科独特の苦手な機械音にはひたすら耐える。

治療が終わったのか、終わっていないのか、どちらかわからないが、何度目かのうがいの後、正木は唐突に言った。

「君、この親知らずは抜いたほうがいい。このままだと将来、必ず痛む」

正木に自分の歯のレントゲンを見せられて納得した。左下の親知らずが斜めに生えているのだ。

斜めに生えている親知らずは抜いたほうがいいと、今朝、芝も言っていた。口腔外科を担当している医事課のスタッフからも聞いた覚えがある。

忘れもしないが、左下の親知らずが生えてきた時、薫は生き地獄を彷徨った。

「親知らずを抜くのは痛い。抜いた後も大変ですよね？　今、俺は寝込んでいる暇がありません」

親知らずの恐怖を聞いている薫の背筋に冷たいものが走った。仕事は山積みだし、決して休めない。

「明日は土曜日、明後日は日曜日」

明和病院には土曜日と日曜日の外来診察がない。医事課のスタッフが受付に立つ必要はなかった。

「……まさか、今から抜く気ですか？」

薫は仰天して診察台から落ちそうになってしまった。あまりに急な話だ。第一、今、歯を処置したばかりだ。

「君は男の子か？」

唐突に正木は性別を確かめるように尋ねた。

「男の子……男です」

正木に限った話ではないが、二十七歳であっても病院内で薫は『男』ではなく『男の子』と言われる。同じ歳《とし》の芝は『男の子』とは言われない。

「ならば、男には必ず勝負の時がやってくる。決戦の時に親知らずが痛みだしたらベストは尽くせない」

いきなりなんの話だ、と薫は戸惑いつつも応じた。

「……勝負に決戦ですか」

「君、深津先生と結婚するって本当か？」

正木に顔を覗かれ、薫は慌てふためいた。

「深津先生とは十億積まれても結婚しません」

薫の脳裏には冷酷なムードの整形外科医がいる。

「では、ほかの男と結婚するのだな。男同士では結婚できないが……」

正木は薫が同性愛者だと思っているのか、断定口調で重々しく言った。

「……い、いえ、女の子と……」

芝の姿が瞼《まぶた》から離れないが、薫は必死になって言い繕った。まかり間違っても、この場で芝の名前を出すわけにはいかない。もっとも、正木から話を聞けば、間違いなく芝は怒るだろう。とことんやっかいな男だ。

「女の子との結婚式で君の親知らずが痛みだしたらどうする？　最悪、腫《は》れ上《あ》がるかもしれない」

正木の言葉にも一理ある。人生最高のセレモニーに歯痛で苦しむなど、人として避けたい事態だ。

「……う」

医療保険請求期に歯痛でもがいたら、仕事どころではない。仕事で大きな穴を空けてしまう危険もある。

「親知らずは歯槽膿漏の原因になる可能性が高い。歯槽膿漏になったらどうなると思う？君も医療に携わっているのだから知っているのではないか？」

正木に指摘された通り、耳を澄ませなくてもある程度の情報は入ってくる。若いからといって歯槽膿漏を馬鹿にしてはいけない。

「……はい、どんなに歯がよくても土台の歯茎が腐ったら駄目だと聞きました」

薫は観念したように一気に言った。歯も大切だが、それ以上に歯茎に注意しなければならない。

「理解していますね？」

正木はどこか嬉しそうに尋ねてきた。

「はい」

「食事はすみましたか？」

「はい」

正木に訊《き》かれるまま、薫は返事をしたが、深く考えてはいなかった。なんというのだろう、無意識のうちに現実逃避に走っていたのだ。頭の中ではキッチンにあるフランスパンを柔らかくして食べる方法を浮かべていた。芝にフレンチトーストを作ってもらうのがいいかもしれない。

「口を大きく開けてください」

正木に指示され、薫は口を開けた。麻酔を含んだ綿が左下の親知らずと歯茎のあたりに挟まれる。

「私の出身地は伊香保《いかほ》温泉なんだ。自分で言うのもなんだがいい温泉地で、私は最高の故郷だと自負している。石段街は国宝にしたいぐらいだ。両親は温泉旅館を経営していたが、姉がいたので、私は後を継ぐ必要がなかった。継ぐ気もなかったのだが」

正木は薫をじっと見つめたまま、自分の生い立ちを語りだした。表面麻酔中の薫の返事は期待していないのだろう。

伊香保温泉は群馬県《ぐんまけん》、榛名山《はるなさん》の中腹にあり、歴史は古く『万葉集』にも詠《よ》まれた。明治《めいじ》から大正《たいしょう》にかけては多くの著名な文人墨客《ぶんじんぼっかく》にも愛され、徳冨蘆花《とくとみろか》は伊香保温泉を舞台にした『不如帰《ほととぎす》』を発表している。

ＪＲ上野《うえの》駅から出る特急に一時間四十三分ほど乗車した後、渋川《しぶかわ》駅からバスで約二十四分揺られたら、独特の温泉情緒がある伊香保温泉に到着する。

首都圏から行く手頃な温泉地だ。過去、製薬会社や医療機械メーカーの接待としてもよく使われていた。

薫はぼんやりと聞いていた。

「私は子供の頃から目が悪くてメガネをかけていた。子供でメガネをかけていたら秀才でなければならない。私はメガネが相応《ふさわ》しい男になるために勉強した。結果、清水谷学園の医学部に入学した」

正木はただ過去をだらだら喋《しゃべ》り続《つづ》ける。秀才揃いの清水谷学園大学でショックを受け、奮起した日々を語った後、正木は薫の口から綿を取りだした。表面麻酔である程度は痺《しび》れている。

「あの……」

薫の言葉を遮《さえぎ》るように正木は穏やかに言った。

「口を開けて」

正木に麻酔注射を打たれてしまう。表面麻酔をしていたせいか、注射もそれほど痛くはない。

患者が痛まないように、麻酔も時間をかけてプロセスを踏んでいるのだ。

「深津先生は医者になれば金持ちになれると思っていたそうだが、私もそれに近い考えを持っていた。実家のように景気に左右される商売は避けたかったが、歯科医になった最大の理由は金かもしれない。私はさもしい自分が恥ずかしい。裕福な家庭に生まれ育った同業者を妬《ねた》んでしまったこともあるが、思い返すだけでも私は後悔の念に苛《さいな》まれる。私は愚かだった」

正木は懺悔《ざんげ》にも似たセリフを延々続ける。変に真面目なのか、悔やむ必要のないことを悔やんでいる。

崇高な使命を抱いて医師になる者はほんの一握りだ。患者を救っているならば、医師になった理由はなんでもいい。崇高な使命を持ち、綺麗事ばかり並べ、肝心の腕が未熟な医師より、何倍もいい。

気にするな、という意味で薫が右手をひらひらさせると、正木は目を細めた。話はまだ終わらない。

「さもしい自分を恥じ、海外ボランティアに参加することも考えたが私には無理だった。私は運動はそんなに苦手ではなかったが、どう考えても海外で生きていけそうにない。聞けば聞くほど現場は過酷だ。私には歯科医として腕を上げるしか道は残されていないのだ。当分の間、結婚するつもりはない。ショーのような結婚式を挙げたがる女性とは見合いもしたくない。私に給料やボーナスを尋ねる女性とは話をしたくない。なぜ、女性は私の年収を気にするのだ」

シュールな結婚話に差しかかった頃、麻酔が完全に効き、左の感覚がなくなった。今、左の頬を殴られても痛みはないかもしれない。

それから、いやな音がした。

けれども、薫には痛みがない。

正木が何かしている。

何かしているのはわかるが、薫にはまったく痛感がなかった。

「君、親知らずが抜けたよ」

正木はなんでもないことのようにサラリと言ったが、薫は驚愕《きょうがく》で息が止まりそうになった。

「あとは処置だけ」

上手い、と薫は感嘆した。

抜き魔だ、と薫は後悔もした。

外科医に切り魔がいるように口腔外科医には歯を抜きたがる抜き魔がいる。抜き魔といっても大事な歯を抜きたがる不届きな輩ではない。歯槽膿漏の原因になりかねない親知らずを抜きたがる抜き魔だ。

後顧の憂《うれ》いを絶つためには、腕のいい抜き魔に親知らずを抜いてもらってよかったのかもしれない。薫は懸命に自分で自分に言い聞かせていた。

しかし、この後も仕事がある。

麻酔で痺れている今、とてもじゃないが、この状態で患者の相手はできない。電話の対応もできない。

「痛み止めを飲んで」

正木に言われるがまま、薫は痛み止めを飲んだ。

「二日後に消毒、一週間後に抜糸、予約を取ってください」

正木のペースに薫は乗せられっぱなしだ。芝や深津とはまた違った人種である。

「……あ、麻酔で喋るのがぁ大変」

麻酔のおかげで痛感はないが、痺れて、上手く動かせない。だが、早く麻酔が切れてほしいわけではない。麻酔が切れた後、親知らずを抜いた痕がひどく痛むと聞いていた。痛み止めの薬が効かなかった話も耳にした。

「今日は早退しなさい」

早退したほうがいいかもしれないが、どうしたって精神的に躊躇《ためら》ってしまう。薫は正木から視線を逸らした。

「……う」

患者に振り回される医事課の女性スタッフたちが、薫の目前に浮かび上がった。受付に対する患者の風当たりは優しくはない。

「私が一言入れておこう」

その場で正木は医事課に連絡を入れ、課長の承諾を得た。仕事らしい仕事をしない課長でも上司には違いない。

　薫は診察台から下り、大きな息を吐いた。医事課の女性スタッフの悲鳴が聞こえたような気がする。

「タクシーを呼んであげよう」

　正木の申し出に薫は慌てて手を振った。

「いえ、結構です」

「私が送ろう」

　正木はマスクを外しながら言った。医者にしては端整な顔立ちをしているが、観察している場合ではない。

「滅相もない」

　予想していなかった申し出に、薫はパチパチと瞬《まばた》きを繰り返した。

「私が送る。さぁ、行こう」

　正木に腕を摑まれ、薫はのけぞった。

「……ふえっ？　無用です。タクシーで帰ります」

「私は君が気に入った」

　いきなりなんの脈絡もなく、正木から好意を告げられる。彼は真剣で冗談を言っている雰囲気はない。

「どうも」

　薫は後退しつつ、正木に礼を言った。

「しばらくの間、私は結婚しない。もしかしたら、一生、結婚しないかもしれない。年収で男を判断する女性がいやだからね。私が歯科医だと知ると急に媚《こび》を売る女性にも疲れた。娘を持つ母親にも近づきたくない」

　よくよく聞いてみれば、深津と同じことを言っているような気がする。女性に対して冷静でシビアだ。

「そうですか」

　女性だけに問題があるとは思えませんが、と薫は心の中で反論した。日々、女性だらけの職場で彼女たちの本音に触れているからかもしれない。

「君は伊香保温泉の匂いがする」

　一瞬、正木が何を言ったのか、薫は理解できなかった。ポカンと開けた口から涎《よだれ》が垂れる。

　ポタっ、という涎が床に落ちた音で自分を取り戻した。

「お、俺が伊香保温泉？　硫黄《いおう》の臭《にお》いでもするんですか？　俺は神経痛も関節痛も治せませんよ」

　伊香保温泉の源泉である『黄金《こがね》の湯』の泉質は硫酸塩泉だ。温泉の湯の色は茶褐色だが、湧出時《ゆうしゅつじ》は無色透明である。鉄分が多く含まれるため、空気に触れると変色するのだ。神経痛や関節痛、疲労回復、動脈硬化や慢性皮膚病にも効果があるとされている。

「君は私の最高の言葉を理解できないのか？　伊香保温泉はこの世で最高の楽園だ。私は君に最高の称号を与えた」

伊香保温泉のような、という言葉は故郷をこよなく愛する正木にとって最高の賛辞なのだろう。当然、薫から硫黄の臭いがするわけではない。

「……どうも」

褒められたのだと解釈し、薫は掠《かす》れた声で礼を言った。

「君は伊香保温泉に行ったことがあるか？」

素晴らしいところだろう、と正木は目で雄弁に語っている。生まれ故郷を誇りに思い、心から愛しているようだ。

「すみません、ないです」

薫が恐る恐る正直に答えると、正木は目をかっと見開いた。背後に火柱が立ったような気がする。

「私が連れていく。楽しみにしていなさい」

もち豚を使ったしょうが焼きもトンカツも美味《うま》い、温泉饅頭《おんせんまんじゅう》も酒も美味い、と正木は胸を張った。温泉に浸かる前、まず石段街を上って伊香保神社にお参りするのがセオリーだそうだ。

「あ、あの……」

正木と温泉に浸かっても、決して癒《い》やされないだろう。そもそも、正木とプライベートで交流を持つ気はない。

「ほかの親知らずも私が抜く。安心しなさい」

抜き魔の狙いは薫の親知らずかもしれない。左の上に一本、右の上下、薫の親知らずは三本も残っている。

きっちり四本も生えた自分が恨めしい。

「それはまた今度」

薫は正木から逃げるように一礼した。いくらなんでも、一気に連続で抜歯するつもりはない。

「私の腕はわかっただろう」

正木は尊大な態度で胸を張った。確かに、正木の口腔外科医としての腕に文句はつけられない。

「はい、上手かったです」

薫は背筋を伸ばし、直立不動で答えた。

「すべて私に任せなさい」

君の親知らずはいい、と正木は感慨深そうに言った。周囲に異様な渦が巻いているような気がしないでもない。

はっきり言って、不気味だ。

ぼやかして言っても、不気味だ。

どう言っても、不気味だ。

「とりあえず、今日はこれで失礼します」

正木は紛れもなくわけのわからない変人だった。

送ると言い張る正木を説きふせ、病院の前に停まっているタクシーに乗り込んだのは言うまでもない。

3

タクシーで十五分、芝《しば》と暮らしているマンションに到着した。顔の左下に違和感はあるが、耐えられないこともない。

けれど、リビングルームに入った途端、薫《かおる》はとうとう力尽きた。鞄《かばん》を床に放りだし、革張りのソファに倒れ込むように横たわる。

「まさか、こんなことになるなんて」

白い壁にかけられている優しい色彩の油絵に呟《つぶや》いても返事はない。大理石のテーブルには、薫が置きっぱなしにしていた三文判とクリップがあった。アンティークのサイドボードの前には、薫のボールペンと洗濯前の靴下が転がっている。

部屋を掃除するのはもっぱら芝で、薫が整理整頓《せいりせいとん》を心がけることはない。芝が仕事で帰宅できない日々が続いた時、部屋はとんでもない状態になった。帰宅した芝が呆《あき》れ果《は》てたものだ。

「変な先生だったな」

明和《めいわ》病院に限らず、個性的な医師や利己的な医師は多いが、正木《まさき》のように徹底した変人は珍しい。

冷たいけれど真面目《まじめ》な先生として、芝はスタッフや患者の間では支持を得ている。しかし、彼も紛《まご》うことなき変人だ。いや、変人というより変態だ。こともあろうに、芝は日当たりのいい部屋に裸エプロン姿の薫の写真を飾っている。

薫が怒って捨てようとしたら、芝は静かな迫力を込めて拒否した。

結果、負けたのは薫だ。

下手《へた》をしたら、病院の医局にある芝の机の引き出しに写真が収められるかもしれないからだ。

それなりにプライバシーは保たれていると思うが、すべてにおいて絶対と安全はない。それこそ、芝を蹴《け》り落《お》とそうとしているライバル医師が、プライバシーの侵害に走るかもしれない。芝の机の引き出しを探るぐらい、上昇志向の強い医師ならば平気でやるだろう。

「変人じゃないとやっていけないのかな」

医師という職業の過酷さは筆舌に尽くしがたい。変人だからこそ、医師としてまっとうできるのかもしれない。

患者のために奔走する芝を思いだす。彼は自宅でも愚痴ひとつ漏らさない。医師としては心の底から尊敬できる。

深津《ふかつ》も切り魔だが基本的には患者思いだ。ゆえに、老若男女問わず、患者の評判もすこぶるいい。

小児科の安孫子《あびこ》や内科の氷川《ひかわ》は世間知らずで、どこかハラハラさせるが、若いながらも医師としては無条件で尊敬できる。

薫が知る限り、とんでもなく女癖の悪い医師の大半は意外にも腕がいい。何人もの女性を弄《もてあそ》んでも、病気で苦しんでいる患者には誠実だ。

完璧《かんぺき》な医師はいない、という説に賛成する。

疲れが溜《た》まっていたのか、薫はそのまま寝てしまった。

どれくらい寝ていたのか、目覚めた時はわからなかった。ただ、カーテンの隙間《すきま》から漏れる夕陽から察するに、そんなに時間は経っていないはずだ。

「…………？」

革張りのソファに横たわったまま、薫は口をパクパクさせた。呼吸が浅い、と自分でもわかる。息ができない、と表現したほうがいいかもしれない。

全身が今まで経験したことがないくらい熱かった。その半面、喩《たと》えようのない寒気も感じる。

俺の身体《からだ》はどうなってるんだ、死んだ経験はないが死にそうだぞ、ここで死ぬわけにはいかないぞ、ここで遺体になったらセンセイとの関係がバレる、と薫は渾身《こんしん》の力を込めて立ち上がろうとした。

だが、立ち上がれない。

身体に力が少しも入らないのだ。

安静にしていればいいのか、点滴と同じ成分のスポーツドリンクを飲めばいいのか、救急車を呼んだほうがいいのか、救急車を呼んでもいいレベルか、薫はぼやけた頭を働かせる。

腕時計で時間を確かめると、病院を出てから一時間経つか、経たないかだ。ほんの少しうたた寝をしていたらしい。

熱があると確信した。

けれど、熱を測ろうにも、体温計を置いているチェストに手が届かなかった。値の張る家具で揃《そろ》えられたリビングルームはやたらと広い。

「……っ」

薫は意を決し、革張りのソファからそっと落ちた。そして、チェストまで這《は》う。引き出しから電子体温計を取り、やっとのことで体温を測った。

この異常な身体の状態の心当たりは親知らずしかない。下の親知らずを抜いた後は大変だと聞いていたが、息切れするぐらいひどい経験談はなかったはずだ。頬《ほお》が腫《は》れ、ジンジン痛み続け、何も手につかない、食べられない、血が出た、といった経験談が一番多かった。

ピピピ、と電子体温計が鳴る。

電子体温計に表示された体温を見て、薫は自分の目を疑った。

39・7もある。

尋常ではない。

再度、薫は体温を測った。

39・7と二回目も表示される。

死ぬ、と薫は思った。

救急車を呼ぼうとして躊躇《ためら》う。これだけ高熱があったら、堂々とマンションに救急車を呼べる。理由を告げて頼んだら、救急隊員が部屋まで来てくれるだろう。そのまま明和病院に運んでもらえばいい。おそらく、まだ口腔外科医《こうくうげかい》の正木が残っている。しかし、芝と同棲《どうせい》していることが発覚してしまうかもしれない。そのうえ、身体には芝がつけた情交の跡が点在している。

ここで死んだらヤバい。ここでなくてもキスマークだらけの身体で死んだらヤバい。男の恋人がいたらおちおち死んでもいられない。ここで遺体になったら、裸エプロンの写真も見られるかもしれない。だが、今の薫に裸エプロンの写真を始末する体力はない。裸エプロンか、脱出か、裸エプロンの写真にかける体力を脱出に回すべきだ。

薫はフローリングの廊下を這って玄関に進む。

芝が廊下の掃除をしたのはいつだったか、塵《ちり》や埃《ほこり》なんて気にする余裕はない。玄関までの廊下が長いと感じたのは初めてだが、ようやく、靴が転んでいる三和土《たたき》に辿《たど》りつく。

俺は何度も地獄の残業を潜り抜けてきた男だぜ、と戦う事務員は心の中で力むと立ち上がった。

震える手で玄関のドアを開けて外に出る。

エレベーターで一階に降り、洒落《しゃれ》たエントランスを通った。幸か不幸か、誰とも顔を会わさない。

よろめきながら、薫はマンションを出た。

秋の夕暮れ時にはどこか物悲しい空気が流れている。どこからともなく不用品回収のアナウンスが聞こえてきた。不用品ではないが回収してほしい気分だ。

失神しそうになるが、歯を食い縛って耐える。

薫はマンションから目と鼻の先にあるコンビニを目指して進んだ。目的はコンビニの前に設置されている公衆電話である。普段なら一分もかからない場所がやけに遠い。箱根《はこね》の山を徒歩で登っている気分だ。

コンビニから出てきた若いスタッフが、フラフラしている薫に気づいた。

「どうされました？」

若いスタッフは心配そうな顔で駆け寄った。

「……きゅ……きゅ………」

薫の苦しそうな様子で、若いスタッフは気づいたらしい。コクリと頷《うなず》いた。

「わかりました、救急車を呼びます」

コンビニの若いスタッフの迅速な対応で、薫は無事に救急車に乗れた。救急車の中で上着のポケットに入れていた明和病院の身分証を見せる。

「……め、め、め」

薫のたった一言で明和病院の救急外来に運ばれた。

一度救急車で運ばれたら退院できない、支払い能力があるとわかったら退院できない、天国に一番近い病院、ヤブ医者揃いの病院、ヤクザ御用達《ごようたし》の病院など、恐ろしい噂《うわさ》のある病院には運ばれたくはない。救急車の中でも確固たる意思表示は必須《ひっす》だ。

茜色《あかねいろ》に染まった街を通り抜け、瀟洒《しょうしゃ》な高級住宅街を過ぎ、薫を乗せた救急車は明和病院に着く。

薫はストレッチャーに乗せられ、救急受付に運ばれる。

顔馴染《かおなじ》みの警備員は腰を抜かさんばかりに驚いていた。

「受付の久保田《くぼた》主任じゃないか。嫁さんももらわないうちからなんてことだい。気をしっかり持っておくれ」

警備員の励ましを聞きつつ、薫は救急処置室に進んだ。

「……ま、ま、まさ……正木……」

薫は口腔外科医の正木の名前を必死になって口にした。定時は過ぎているが、まだ病院内に残っているはずだ。

けれども、正木の名前に対する警備員の反応はない。

「治ったら、一刻も早く嫁さんをもらうんだよ。気立てがいい嫁さんを捜すんだ。顔で決めたら後悔するぞ」

初老の警備員は独身の薫をいたく案じているようだ。女性スタッフに男扱いしてもらえない現状を知っているのかもしれない。もっとも、初めて会った時、薫の性別を間違えていたのだが。

薫は救急処置室に入った。

当直は誰だったか、意識が朦朧《もうろう》としている薫は思いだせない。

処置室に現れたのは外科で一番若い医師だった。よりによって、頼りない診察で定評のある医師だ。

「熱が三十九・七度もあるのか」

若手外科医はひとしきり唸《うな》った後、苦しそうな薫の顔をじっと眺めた。

「……お、お……れ、ど……うこう……が……」

瞳孔《どうこう》が開いていませんか、と薫は若手外科医に語りかけたつもりだ。自分でもどうしてこんな言葉を口にしたのかわからない。

しかし、若手外科医は求めた返事をくれなかった。

「君は深津先生のお気に入りの子だよね？　困ったな」

若手外科医はいとも簡単に医師としての仮面を外した。バツが悪そうに、頭を掻《か》いている。

「……………」

薫は言いたい言葉が口にできる状態ではない。非難の目を向けたが、気づいてはいないようだ。

「みんなも言っていたけど、君、高校生みたいだね」

せめて大学生にしてください、と普段ならば笑顔で返せたかもしれない。死にそうな患者が目の前にいるんだぜ、と薫は力の限り叫んだ。……つもりだったが、声にはならなかった。

「…………っ」

「深夜にひとりで歩いていたら補導されるんじゃないか？　今時の高校生のほうが君より

ずっと大人びているよね。生意気にも鬚《ひげ》を生やす高校生もいる。君は鬚が薄そうだね。毎日、剃《そ》る必要はないだろう」

若手外科医はひとしきり喋ると、息切れしている薫の脈を測った。そばでは若い看護師が同情の視線を薫に注いでいる。ベテラン看護師ならば一言ぐらい何か若手外科医に注意してくれたかもしれない。残念なことに、当直の看護師もまだ新入りの域を出ていなかった。

若手医師には絶対にベテラン看護師をつけろ、と薫は切実に思う。

「……お、お、お、お、お、俺、今日、親知らず……抜き……ました」

抜歯が関係あると踏んでいたので、これだけは告げておかなければならない。薫は無間《むげん》地獄《じごく》を彷徨《さまよ》いつつ、声にならない声を絞りだした。

「ああ、親知らずを抜いたのか。抜歯したのは正木先生だよね？　あのテクはすごいよ。神技だって外科部長が褒めていた」

そういう返答を期待していたわけではない。思わず、薫の目にはうるりと涙が浮かんだ。

「……あ、泣かないで。僕が深津先生に怒られる。あの、今、深津先生は手が離せないんだ。君も医療従事者ならわかるだろう」

若手外科医は怯《おび》えたように手を大きく振った。

そして、大きな溜め息をついてから、沈痛な面持ちで静かに言った。

「君、心臓に穴が空いているのかもしれないね」

予想だにしていなかった衝撃の診立《みた》てに、揶揄《やゆ》されているのかと思った。現実として受け入れられない。当然、声も出ない。

「詳しいことは検査をしてからだね」

心臓に欠陥があるとは夢にも思っていなかった。いや、今まで心臓に問題があったことはない。たまに心臓が掴《つか》まれたように左の胸が痛むだけだ。だいたい芝関係で左の胸が痛む。芝という男の存在が腰だけでなく薫の心臓に負担をかけるのだろうか。

オヤジ、オフクロ、お祖父《じい》ちゃん、お祖母《ばあ》ちゃん、先に逝《い》ったらすまん、と薫は心の中で田舎にいる大切な家族に詫《わ》びた。家族の顔を思いだそうとしたが、傲慢《ごうまん》な態度の芝が浮かんだままだ。どんなに振り払おうとしても芝が消えない。

こんな時ぐらい遠慮してくれ、と薫はくっきりと浮かぶ芝に文句を言う。

こんな時だからこそ僕を思うのではないのですか、という芝の怒り声が耳に届いたような気がした。

どちらが正しいのか、今の薫にはわからない。

「点滴でも打っておくか」

若手外科医は自信がなさそうに言うと、傍《かたわ》らにいた看護師に点滴の指示をした。

半人前の若手外科医の診立てだから、信用する必要はないかもしれない。心臓に穴が空いていたらタフな芝の相手はできないんじゃないか、と薫は思い当たった。残業に次ぐ残業も耐えられないかもしれない。

点滴を打たれても、楽にはならなかった。

それでも、少しはマシかもしれない。

いや、マシだと思い込もうとしているのかもしれないが。

「入院する？」

若手外科医に尋ねられ、薫は断固として拒否した。

「……い、い、い、い、や」

入院したほうが賢明かもしれないが、いろいろと問題が起こりかねない。

「帰るの？　帰れるの？」

若手外科医は救急カルテにペンを走らせていた手を止めた。

「た、た、た、た、た、た、た……」

タクシー、と薫は言ったつもりだったが、若手外科医は途方もない勘違いをした。

「た？　た？　たちつてとのた、だね？　達也《たつや》？　深津達也先生を呼べって言っているんだね？　ちょっと難しいかもしれない。担当している入院患者の容体が急変してね……危ないらしいんだ」

若手外科医の表情は苦悩に満ち、周りの空気はどんよりと重い。

「……タ……クシー」

やっと薫の希望が若手外科医に通じたようだ。

「タクシーで帰る？　入院したら？」

どうも、若手外科医は薫を入院させたいらしい。

「…………」

「食事が不味《まず》いから入院がいやなのか？　確かに、病院の食事は不味いけど、不味いからって、それで命に別状があるわけじゃない。命は大切だよ。一個しかないんだからね」

どうしてこんな男に医師免許を与えたんだ、と薫は心の中で日本の医療制度を罵《ののし》った。

外科医に性格のいい者はいないという定説を実感する。

薫は入院を勧める若手外科医を振りきり、処置室をよろめきながら出た。救急受付にいる警備員にタクシーを呼んでもらう。

「久保田主任、大丈夫かい？　ちっともよくなっていないように見えるんだが……」

初老の警備員は案じてくれたが、薫は根性を振り絞ってタクシーに乗り込んだ。行き先は芝のマンションではない。

薫が借りている古いワンルームマンションだ。

もし、自分の身に何かあるならば、自宅で迎えるしかない。医師として陽の当たる道を進んでいる芝の足を引っ張りたくはなかった。同性愛のスキャンダルがどこまで尾を引くか不明だが、芝の失脚を虎視眈々《こしたんたん》と狙《ねら》っている医師は山ほどいる。

大規模総合病院である明和病院はそれなりのステイタスがあり、清水谷系《しみずたにけい》の医師にとってはエリートコースの一通過点であった。明和病院で現場を経験した後、いずれ、芝はよりエリートコースの清水谷学園大学病院に呼ばれるかもしれない。

医師の世界は熾烈《しれつ》で、底のない泥沼にも似ている。技術のみでは上には行けず、政治的手腕は不可欠だ。芝に激しい上昇志向はないが、病院という組織にいる以上、権力闘争からは免《まぬか》れない。

芝がつまらないことで弾かれ、僻地《へきち》に飛ばされるなんていやだ。彼を医師として心の底から尊敬している。

そうこうしているうちに、マンションとは名ばかりの建物が見えた。今となってはどこか懐かしくさえある。

薫はタクシーから降り、建物の壁をつたいながら部屋に入った。

真蓮《しんれん》の言葉を鵜呑《うの》みにしていないが、高級マンションより薫に相応《ふさわ》しい場所だ。ここには最低限のものしか置いていない。

いい医者になれよ、と祈りながら薫は敷きっぱなしの布団に横たわる。熱いのに寒気を感じてならない。

薫は足下に丸まっている毛布を自分の身体に載せた。湿った臭いがするものの一向に気にしない。どこかでゴキブリらしきものが動き回る音にも動じない。このまま三途《さんず》の川《かわ》を渡っても仕方がない。

芝を思うと不思議なくらい怖くなかった。

まんじりともせず、時間が過ぎていく。

4

一時間、二時間、三時間、四時間、と何もしなくても、時間は刻々と過ぎる。いつもより時の流れが遅く感じられた。心なしか、だんだん楽になっていくような気がしないでもない。

深夜の十一時を軽く過ぎた頃、薫《かおる》の身体《からだ》から熱が引いた。凄《すさ》まじい悪寒もない。

「……あれ？」

呼吸も正常に戻る。

楽に上体が起こせるし、簡単に立ち上がることができた。その場でグルリと狭い部屋を見回す。

「天国でも地獄でもないよな？」

布団の周りには資源ゴミに捨てそびれている週刊誌、今にも穴が空きそうな靴下、よく知っている侘《わび》しい部屋が広がっていた。

「死んでないぞ……いや、しんどくないぞ？」

今までの苦しみはなんだったのか、まさしく、波が引いたような気分だ。

三十九・七度まで上がった熱はどうなったのか。

封を切る前のふりかけやハサミなど、さまざまなものを雑多に詰めている段ボール箱を開けた。ごそごそ探り、体温計を取りだす。

36・5、平熱に戻っている。

「いったいなんだ？　点滴が効いたのか？　人間の治癒能力が勝ったのか？　……真蓮《しんれん》を信じているわけじゃないけど、真蓮が言った通り、耐えられる試練が与えられたのか？これがそうなのか？　真蓮はインチキ霊能者なんだよな？」

薄汚れた壁を眺めながら呟《つぶや》いた時、インターホンもなく、いきなり玄関のドアが物凄《ものすご》い勢いで開いた。

「薫くん、無事ですね？」

スーツ姿の芝《しば》が真っ青な顔で入ってくる。

「センセイ、どうしてここが？」

芝ひとりの出現で辺りの雰囲気がガラリと変わった。汚い部屋も芝の周りだけ洒落《しゃれ》て見える。

「君が救急車で運ばれたと、深津《ふかつ》先生と当直の武田《たけだ》先生が話していました」

約半時間前、芝は医局の廊下で立ち話をしている深津と若手外科医の会話で、薫の話を聞いたそうだ。

『深津先生のお気に入りの男の子が救急に運ばれました。小さくて可愛《かわい》いですね。二十七歳には見えない』

若手外科医はあっけらかんと深津に声をかけたそうだ。

『薫ちゃんが救急？　俺の子供が生まれそうなのか？』

容体が急変した入院患者で精神的にギリギリになっているが、そういう時こそ、深津は際《きわ》どいジョークを飛ばすのだ。

医師にとって精神のバランスを保つことが、一番重要で難しいのかもしれない。

若手外科医も未熟ながらよくわかっている。

『僕、出産は専門外なので困りました。でも、誠心誠意込めて診《み》ました』

若手外科医は自分の胸に手を当てて尽力をアピールした。

『俺の薫ちゃん、どうだった？　無事に子供が生まれたのか？』

胎児を表現しているのか、深津は自分の腹部を軽く叩《たた》いた。

『熱が三十九・七度ありました』

薫の高熱を聞き、深津は凜々《りり》しい眉《まゆ》を顰《ひそ》めた。図太い深津でも冗談で聞き流せない高熱だ。

『俺の子供が薫ちゃんの腹の中で暴れているのかな？　たいした根性だ』

深津は探るように若手外科医を見つめた。

『入院させるつもりだったんですが拒否されました。僕も深津先生のお気に入りには強く言えなくて帰しましたけど』

『薫ちゃん、ひとりで帰れたのか？』

驚いたらしく、深津は胡乱《うろん》な目で若手外科医に尋ねた。

『よろよろしていましたけど、ひとりで帰ったみたいです。可愛いけど、深津先生のお気に入りだけあってやりますね』

若手外科医は薫の根性に舌を巻いたようだ。

深津と若手外科医が話し終える前に、芝は明和《めいわ》病院を後にした。

深夜、芝は制限速度を無視して愛車を飛ばす。信号が黄色でも赤でもブレーキをかけなかった。

事故も起こさず、警察官にも捕まらず、無事にマンションに到着した。

それなのに、ふたりで暮らしているマンションに薫はいない。芝は焦燥感に駆られたというが、薫が借りているワンルームマンションに車を走らせたという。

「君はどうして僕に連絡をしない？」

芝は烈火の如く怒っているが、語気は決して荒くない。

「仕事の邪魔をしたら悪いから」

薫はしおらしい態度で誤魔化《ごまか》そうとしたが、冷たい怒気を放っている芝には通じなかった。

「君は僕の…………あとにしましょう。ご気分はどうですか？」

芝は薫を座らせて、脈を測った。

「それが、今はなんともない」

薫は狐《きつね》につままれた気分だ。

「熱は？」

芝は医師の目で薫を観察している。

「平熱」

芝は薫の額に手を当て、熱を測っているようだ。

「確かに、熱は下がったようですね。まさか、またカビ入りコーヒーのような危険なものを口にしましたか？」

薫はほんの不注意で腐りかけのハンバーグや古い生牡蠣《なまがき》を食べた過去もある。賞味期限の切れたラーメンややきそばも食べたものだ。

「カビ入りコーヒーの時のほうが楽だった。今回は死ぬかとマジに思ったぜ……ん、ジンジンしてきた」

薫は痛みを感じ、左の頬《ほお》をそっと触った。

「どうされました？」

芝が食い入るような目で薫を凝視する。

「……ん？　今日、親知らずを抜いたんだ」

薫は衝撃の抜歯についてポツリと言った。

「親知らずを抜いたのですか？　鞄《かばん》に薬がありましたが……」

リビングルームに放りっぱなしにしていた鞄を見て、芝の不安はさらに大きくなったらしい。何か手掛かりがないかと、鞄の中を調べたそうだ。

「抜くつもりはなかったんだけど、いつの間にか抜かれていた。正木《まさき》先生、抜くのは上手かったよ」

変人だったけど、と薫は顔を派手に歪《ゆが》めて続けた。

「はい、正木先生は技術には定評がありますが、人格には非常に問題があります。虫歯で正木先生の診察を受けて、何人もの医療従事者が親知らずを抜かれました」

正木の手にひっかかった医療従事者は薫だけではないそうだ。けれど、誰もが正木の腕を褒《ほ》め称《たた》えた。現在、抜歯ならば正木、という噂《うわさ》が医師の間では流れているそうだ。静養中の口腔外科部長《こうくうげかぶちょう》も太鼓判を押している。

「抜き魔だよな」

薫はきつい目で正木を簡潔に表現した。

「正木先生に相応《ふさわ》しい呼び名です。……薫くん、診察を受けたのは何時ですか？」

芝は自分の腕時計で時間を確かめながら、いつもよりやや低い声で薫に尋ねた。何か、思い当たったらしい。

「はっきりと覚えてはいないけど、昼の二時は軽く回っていた」

薫は芝を見つめたまま記憶を手繰《たぐ》った。

「いつ、痛み止めを飲みましたか?」

予想だにしていなかった芝の問いに戸惑う。

「……え?　痛み止め?」

治療後に痛み止めを飲んだが、時間は正確に覚えていない。それでも、だいたいの時間を割りだした。

「気分が悪くなったのは?」

芝に問われた事項を薫は必死になって思いだした。革張りのソファに横たわったまま、腕時計で時間を確かめた記憶がある。

「いつ頃、楽になりましたか?」

「つい、さっき」

薫がありのままを告げると、芝は神妙な顔つきで言った。

「薫くん、薬品アレルギーがありましたか?」

意表を突かれ、薫は瞬《まばた》きを繰り返した。

「え?　薬品アレルギー?　ないと思うけど?」

医事課の女性スタッフのように、注射を打って貧血を起こしたことはない。食品アレルギーもなかった。

「たぶん、原因は痛み止めのドセルです」

芝は医師の顔で冷静に診立《みた》てを口にした。

「ドセル？　俺は初めてだと思う」

今まで医師が処方してくれた痛み止めは、セデス顆粒《かりゅう》やロキソニン錠、ボルタレン錠だった。ドセル錠は正木が初めてだ。

「ドセルは抜歯後の鎮痛消炎にも使われます。鎮痛作用が強いのですが、稀《まれ》に重篤《じゅうとく》なアレルギー反応が見られます」

消炎や鎮痛、解熱としてドセル錠は使用されるが、稀に強烈な吐き気に襲われたり、凄まじい胃痛に苦しめられたり、発疹《ほっしん》などの過敏症状を誘発する場合があるらしい。常用すると中毒をおこすリスクが高くなり、腎障害《じんしょうがい》や肝機能障害など、さまざまな病症に注意しなければならない。

言うまでもなく、妊娠中や授乳中の女性は避けなければならない。

これが医事課の女性スタッフたちが、あまり悩まずに親知らずを抜いた理由だ。妊娠中や授乳中に親知らずが痛みだしても、ドセル錠に限らず、痛み止めが飲めない。結果、生き地獄を彷徨《さまよ》う。

「副作用のない薬はない。強ければ強いほどヤバい？」

俺は風邪で古い薬を飲んでも平気だった、と薫はしれっと続けた。

「君にドセルは合わない。それだけです」

芝に指摘された通り、ドセルを飲んで一時間から二時間後、薫の身体はおかしくなり、悶《もだ》え苦《くる》しんだ。

ドセル錠を飲んでから七時間経った今、灼熱《しゃくねつ》とツンドラが入り交じった無間地獄《むげんじごく》が嘘《うそ》のようにケロリとしている。

「ドセルか……本当に死ぬかと思った」

掌《てのひら》に載る二十五ミリグラムの錠剤の威力にひれ伏すしかない。

「そんなにつらかったのにどうして君は僕のマンションに帰らなかったのですか？」

芝に真摯《しんし》な目で貫かれ、薫は言葉に詰まった。

一瞬、沈黙が流れる。

カサカサカサカサカサカサカサ、とどこからともなく聞こえてきた音で沈黙は掻《か》き消《け》された。

一瞬にして芝の怜悧《れいり》な美貌《びぼう》が恐怖で歪む。

「今の音は？」

予想はついているだろうに、芝は嫌みっぽく尋ねてきた。

「ゴキブリ」

台所の下で動き回るゴキブリを見つけたが、薫は素知らぬふりで流した。ゴキブリぐらいで動じたりしない。

「衛生的に著《いちじる》しく問題のあるこの部屋に二度と入らないでほしい。以前、そうお願いしましたよね」

部屋に生息していたナメクジとゴキブリに、卒倒しかけたのは、ほかでもないお坊ちゃま医師だ。冷たく整った顔が崩れていく様子は見物だった。今でも思いだすと薫の頬が緩んでしまう。

「……やむをえず」

薫はさりげなく芝から視線を逸らした。

「どうして君は僕を困らせる？　ふたりで暮らしているマンションに帰って、僕に連絡を入れてくれればよかったんです。それですみましたよ」

「ああ、救急でかかった若い先生には参った……心臓に穴が空いているかもしれないって言われたんだけど」

若手外科医の診立てを思いだし、薫は自分の左の胸を摩《さす》った。やはり、不安で仕方がない。

「心臓に穴が空いているかもしれないと診断されたのですか？　絶対にそんなことはあり

ASA KASA KASAKA A KA

ません」

未熟な若手外科医への非難は感じられないが、芝はこれ以上ないというくらいきっぱりと断言した。

「俺もそう思う」

薫がほっと胸を撫《な》で下《お》ろしたのも束《つか》の間《ま》、冷酷な空気を漂わせた芝の詰問は続いた。

「どうして救急で僕の名前を挙げなかったのですか？」

馬鹿野郎、センセイの名前を出すわけないだろう、よく考えろよ、と薫の反論は心の中に留める。

「……俺、親知らずを抜いたんだ。腫《は》れて痛くて熱いんだけど」

薫は左の頬を手で押さえ、同情を買うように顔を歪めた。これで話題を変えるつもりだったのだ。

しかし、芝は誤魔化せなかった。

「武田先生と深津先生が僕の薫くんについてどんな話をしていたと思いますか？　僕の薫くんなのに……」

芝の怒りのボルテージが一段と上がった。普段ならば、身体で宥《なだ》めさせられる羽目になる。

今、何があろうとも、芝の相手はできない。いつもと同じように無理やり抱かれたら、今度こそ彼岸の彼方《かなた》に旅立ってしまうかもしれない。

「あのさ、俺は親知らずを抜いたんだぜ？　メシを食う気にもなれない。痛み止めを飲みたいけど、なんか食わなきゃ駄目だろう」

俺は病人だ、と薫は顔を引《ひ》き攣《つ》らせて言った。

「痛み止め？　ドセルはいけません」

芝に注意されるまでもなく、二度とドセル錠を服用する気はない。今夜、薫の脳裏に深く刻まれた。

「ああ、どこかに昔の痛み止めがあるはずなんだ」

薫は体温計を取りだした段ボール箱を探った。

「薫くん、歴史を感じさせる段ボール箱ですね」

芝は汚物を見るような目で、薫が探っている段ボール箱を眺めた。薫が探索のために中から出した古いノートやチョコレートバーに困惑している。彼ならば文房具や菓子を一緒の箱には詰めない。きっちりと分類するはずだ。

「……あ？　あった」

以前、外科の部長が処方してくれた痛み止めを見つけた。明和病院の文字が印字された袋はくしゃくしゃで、醬油《しょうゆ》やソースの染みもついている。

「薫くん、何年前の痛み止めですか？」

芝は顔面蒼白《がんめんそうはく》で薫から薬を乱暴に奪い取った。

「俺が新入りの時にすっ転んでケガした時の薬だから……何年前になるのかな？」

だいぶ前の薬だが、十年も経っていない。薫の実家には二十年前の薬が常備薬として保管されていた。

「薫くん、そんな古い薬を飲んではいけません。帰りますよ」

芝は血相を変え、薫の手を摑《つか》んで立ち上がった。

「帰る？」

「そう、帰ります。マンションに痛み止めがあったはずです」

芝は薫の手を引いて玄関に向かう。キッチンにゴキブリを見つけ、彼はわなわなと薄い唇を震わせた。

なんでわざわざゴキブリを見つけるんだ、と薫は心の中で芝に突っ込む。

「俺、マジに痛いんだけど」

「しばらくの間、我慢してください」

芝は一刻も早くゴキブリが生息する部屋から立ち去りたいらしい。薫は強引な芝に抱きかかえられるようにして自宅を後にした。

芝がハンドルを握る車で高級マンションに着く。深夜のエントランスには誰もいないが、肩に回された芝の手を避けた。

「薫くん」

芝に非難の目を向けられたが、薫は取り合わなかった。近所づきあいはほとんどないが、どこで誰の目が光っているかわからない。そもそも、深津にふたりの関係が発覚した原因はマンションの住人だった。

ふたりでエレベーターに乗り込む。

芝の唇が額に近づいたので、薫は慌てて身体を引いた。

「ここではやめろ」

薫がきつい目で言うと、芝は軽い息を吐く。

「そんなに隠したいのですか?」

芝は女性に好意が持てないらしい。自ら率先して話すつもりはないが、必死になって隠す気もないそうだ。けれど、ここ最近、風向きが変わってきている。深津の影響かもしれないが、公表したがっている気配があった。

「当たり前だ」

お前のためだぞ、と薫は人差し指で芝を差した。

「僕のためだとは思いませんが」

芝が伏し目がちに言った時、エレベーターが止まった。

「降りるぞ」

薫は芝とともにエレベーターから降り、ふたりが暮らしている部屋に入った。普段、冷静な芝がよほど慌てたのか、下駄箱の上に飾られていた花瓶が倒れている。ベッドルームのドアは開けっぱなしで、毛布と掛け布団が床に落ちていた。薫がベッドで寝ていないか、芝は調べたのだろう。

リビングルームには芝のイタリア製の鞄が床に落ちていた。薫ならばともかく几帳面《きちょうめん》な芝にしては珍しい。

いや、それだけ薫を案じ、焦燥感に駆られたのだ。

「センセイ、心配かけたな」

薫が照れ混じりに詫《わ》びると、芝は悲痛な面持ちで胸を押さえた。

「僕の心臓に穴が空きそうです」

「センセイの身体の中で心臓が一番丈夫だと思うぜ」

心臓に毛が生えている、と薫は皮肉った。

「君の話になればべつです」

喜怒哀楽の乏しい芝が感情を動かす唯一の理由は薫だ。それは薫もよく知っている。素直に詫びた。

「ごめん」

「二度と僕を苦しめないでください」

芝の唇が近づいてきたが、薫はキスを受ける気になれなかった。とりあえず、左の頬が痛むのだ。

「センセイ、ごめん、痛いんだ」

「わかりました」

芝は薫の頭部にキスを落とすと、キッチンに向かった。

「薫くん、夕食は摂《と》っていませんね。食べられますか？」

夕食どころではなかったし、今も食べる気がしない。箸を手にするのも億劫《おっくう》になっている。

「何も食べられない」

「ゼリーなら食べられませんか？」

用意周到というか、神経質というか、芝は食欲がなくなった時のために、ゼリーを冷蔵庫で冷やしている。だが、薫はタフな芝が体調を崩した姿を見たことがない。そのうえ、薫が食べない限り、いつまでたってもゼリーはなくならなかった。

「ああ、ゼリーぐらいなら」

薫はダイニングテーブルに着き、芝が用意したゼリーをゆっくり食べた。なんというのだろう、口を大きく開けるのも怖い。抜歯の後を舌でなぞるのも躊躇《ためら》う。今までと感覚がまるで違うのだ。

「薫くん、もうひとついかがですか?」

芝はふたつ目のゼリーを差しだした。線の細い薫に少しでも多く食べさせたいらしい。

「もういい」

薫がふたつ目のゼリーを拒むと、芝は優しい目で軽く頷いた。こういったことで無理強いはしない。

芝は優美なラインのチェストから痛み止めと胃薬を取りだした。ミネラルウォーターは少しだけ温めて差しだす。薬を飲む適温はぬるま湯だ。

「薫くん、水をたくさん飲んでください」

芝の指示通り、薫は大量のミネラルウォーターで痛み止めと胃薬を飲む。腹部がちゃぷちゃぷしているような気がした。

お腹を手で摩りつつ、ダイニングテーブルから革張りのソファに移動する。このソファで苦しんだことや一連の騒動が遠い昔に思えてきた。すでに自分の中では思い出になりつつあるのだ。

静かに横に座った芝の存在が、そうさせているのかもしれない。

「薫くん、改めて言います。僕のほうが死ぬかと思いました」

芝の手が伸びてきたが、怪しい雰囲気はない。変態の絶倫医師だが、抜歯後の状態がいかなるものか、よく把握しているからだろう。

「ごめん。俺も死ぬかと思った」

「僕をおいていくのはやめてください」

芝に切々と請われ、薫は素直に頷いた。

「ああ」

薫は芝と久しぶりに静かな夜を迎えた。

何しろ、顔を合わせれば、芝の変態ぶりが炸裂《さくれつ》するのでたまったものではない。ベッドだけでなくリビングルームやトイレでも薫は気が抜けず、いやらしい目で手を伸ばしてくる絶倫医師を罵倒《ばとう》した。

体力や精力の差は別れる原因になるかもしれない。けれども、どうしたって嫌えず、別れられずに今に至る。

当分の間、親知らずを理由にゆっくりできるかもしれない。薫は甘い期待を胸に抱き、芝の温もりを感じた。

芝は薫を失ってしまうという緊張が未だに解けないようだ。いつになく身体に力が入っている。

いつも薫が芝に振り回され、狼狽《ろうばい》し、寿命を縮めている。たまには心配させるのもいいかもしれない。

薫は妙な幸福感と達成感に浸った。

5

翌日、薫《かおる》は清々《すがすが》しい朝を迎えた。

土曜日、薫にとって久しぶりの休日だ。事務処理は残っているが、今日は心ゆくまでじっくり休む。

「薫くん、朝食は食べられますか？」

芝《しば》がキッチンで湯を沸かしながら尋ねてきた。

「さすがに腹が減った。でも、スープとかゆるゆるのおじやとか、嚙《か》まなくてもいいのがいい。スープにもおじやにも具はいらない」

一晩たっても抜歯後の違和感が大きくて、卵や魚を食べる気になれない。ハムやソーセージ、野菜サラダもフルーツも無理だ。

「わかりました。刺激物は控えたほうがいいので、カレー風味にはしません。薄味にします」

芝は出勤前に甲斐甲斐《かいがい》しく朝食の準備をする。

薫の体調を考慮しているのか、インスタントのスープやホテルメイドの缶スープもテーブルに並べない。タマネギとニンジンからわざわざポタージュを作った。無調整豆乳で仕上げている。

「センセイ、あまり熱くしないでくれ」

　薫の注文に芝は微笑で応《こた》える。

　芝特製のポタージュは予想以上に薄かったが文句は言わない。出汁《だし》が効いたおじやはなかなかだった。

　芝はフランスパンに北海道牧場直送のバターを塗って食べている。薫は見ているだけでも抜歯の痕《あと》が疼《うず》きだした。

「……薫くん、どうしました？　愛の言葉を囁《ささや》いてくれるのですか？」

　薫の視線に気づき、芝はバターナイフを皿に置いた。彼は朝っぱらから愛を囁かれる気満々だ。勘違いも甚《はなは》だしいが、今さらかもしれない。

「……ん、ああ、フランスパンを食っても歯は平気か？　そっと食えよ。誰も取らないからゆっくり食べろ」

　薫はスプーンを手にしたまま、ありったけの気持ちを込めて、真正面に座っている芝に告げた。

「薫くんの愛の言葉は変わっていますね」

　どんな言葉を期待していたのか、芝は惚《ほう》けたような顔をした。

「俺の愛のすべてを詰めてやったのに」

薫はニヤリと笑うと、スープを口に運んだ。

昨夜と同じようにハーブのゼリーを食べてから、痛み止めと胃薬をミネラルウォーターで飲む。

薫が間違えて飲まないように、芝はドセル錠をゴミ箱に捨てていた。

「薫くん、鍋《なべ》にスープとおじやがあります。お腹が空《す》いたら温めて食べてください」

芝はコーヒーを飲み干した後、コンロを指で差した。

「助かるよ」

薫は満面の笑顔を芝に向けた。どうしたって、自分がキッチンに立つ気になれない。

「面倒でもきちんと食べてから薬を飲んでください」

薬は何か食べた後に服用しないと胃を荒らしてしまう。芝に注意されるまでもない。

「わかっている」

「薬はちゃんとシートから出して飲むように」

芝はテーブルに両手を置き、真剣な面持ちで言った。心の底から案じているようだ。

「わかっているから」

そそっかしさの極致というか、前後不覚に陥《おちい》っていたというか、薫は薬を包むＰＴＰシートごと飲もうとしたことがある。喉《のど》でつっかえて、悶《もだ》え苦《くる》しんだ。

「今日はどこにも出ないでほしい」

昨夜のショックが尾を引いているのか、芝は薫をひとりで置いていくのが不安でならないらしい。それでも、仕事に向かう。

「俺もそのつもりだ」

コンビニもスーパーにも酒屋にも行く気力がない。そもそも、せっかくの休日なのに酒が飲めない。だから今日は一日中、部屋にひきこもっているつもりだ。

「腫《は》れていますね」

芝は薫の左の頬《ほお》を痛ましそうに見た後、チェストから解熱などに使われる冷却シートを取りだした。優しい手つきで薫の左頬に貼《は》る。

「少しは楽になると思います」

医事課随一の美人スタッフに教えてもらったのだが、薫にとって冷却シートは残業時に眠くならないために貼るものだった。今、新しい使用法に感心する。繁忙期のハードさで薫の感覚がどこか麻痺《まひ》していた。

「こういう使い方があるのか」

「薫くん？　貼らないほうがいいのですか？」

芝の形のいい眉《まゆ》が顰《ひそ》められたので、薫はにっこり微笑んだ。

「いや、サンキュ」

薫は左の頬に貼られたシートに手を添えて礼を言った。げんきんかもしれないが、左頬のジンジンする熱が引いていくようだ。

芝は身なりを整えた後、薫の手を両手でぎゅっと握った。

「薫くん、何かあったらすぐに僕に連絡をください」

土曜日で外来診察がないとはいえ、仕事中の医師にはそう簡単に連絡が入れられないが、薫は安心させるために大きく頷いた。

「わかっている」

「医局に電話をすればいいんですからね」

医局に直に電話をすれば、芝がいなくても秘書がいる。秘書がいなくても、誰かが応対してくれるだろう。

「わかってるから」

芝と薫は玄関でしつこいぐらい何度も同じやりとりを繰り返した。やっとのことで芝を送りだした後、薫は三和土《たたき》で安堵《あんど》の息を吐く。

リビングルームに戻ってテレビのスイッチを入れた。革張りのソファに寝そべり、ぬるめのコーヒーを右側からストローで飲んだ。

休憩時間に芝は連絡を入れてきた。薫は苦笑を漏らしつつ、受話器の向こう側にいる芝に応対する。

夜の十時を過ぎた頃、芝が帰宅した。

「薫くん、よかった」

パジャマ姿の薫の姿を見た途端、芝は大きな息を漏らす。

「なんだよ。ドセルを飲んでないから平気だ」

薫は芝の肩を勢いよく叩《たた》いたが、良家のご子息の不安は解消されない。もしかしたら、トラウマになったのかもしれない。

「君のことだから間違えて飲んでしまうかもしれない」

薫が不注意でしでかしたさまざまな出来事を思いだしているのか、芝はどこか遠い目で言った。

「ゴミ箱に捨てたじゃないか。いったい俺をなんだと思っているんだ」

薫は憮然《ぶぜん》とした顔つきで言い返したが、あまり胸は晴れない。どうしてこんなことに、と自分で自分を責めることさえできないくらいドツボにハマった時がある。それも一度や二度ではない。

「それより、深津《ふかつ》先生は許せません。深津先生にあのようなことを言わせる薫くんも許しがたい」

今日、深津と芝の間で何があったのか知らないが、ある程度は想像がつく。たぶん、深津が事実無根の話を吹聴したのだろう。

「また、深津先生が変なことを言ったのか？　俺は無実だ。深津先生が勝手に言っているだけだ」

「僕の薫くんなのに深津先生に触らせるんじゃありません」

芝は怒り心頭といった風情で語りだした。

今日、医局で深津がコーヒーを飲みながら、内科医長と喋《しゃべ》っていたそうだ。

『薫ちゃんのケツを触ると胸が騒ぐ。血も滾《たぎ》る』

深津が高らかに笑うと、内科医長はなんとも言えない顔で応えた。

『そういうものなのか』

内科医長はしごくノーマルで女性が好きだ。どんなに頼まれても、男の臀部《でんぶ》に触れないだろう。

『触られた時の薫ちゃんの反応も可愛《かわい》い』

『そうか』

『こうなったら、とことん触るしかないだろう。可愛い薫ちゃんを見たら触らないと失礼にあたる』

深津は左手でコーヒーカップを持ったまま、右手で薫の臀部を撫でる仕草をした。爽やかな二枚目外科医がスケベオヤジに変身する。

『よくわからないがそういうものか……確かに高校生みたいで可愛い子だが……男だが……びっくりするような綺麗《きれい》な男が入院してきたが……触りたいと思うのか？』

内科病棟に夢のような美青年が入院し、若い女性スタッフたちがそわそわしている。内科医長のみならずほかの男の医師たちも、その類まれなるルックスに驚愕《きょうがく》したそうだ。

『びっくりするような綺麗な男？　若い看護師さんたちが目の色を変えている患者さんかな？』

深津も噂《うわさ》の美形患者を知っているようだ。

『氷川《ひかわ》先生が担当している患者さんだ。モデルかタレントかと思ったら違った。世の中には綺麗な男がいるもんだ』

内科医長は感心したように大きな息を吐いた。

『どんな綺麗な男でもトキメキがない。薫ちゃんだからトキメくんですよ。これがラブってことなんでしょう』

深津は乾杯のようにコーヒーカップを高く掲げた。薫に対する愛の宣誓に、内科医長は目を丸くしている。

『そうなのかね』

『薫ちゃんとの愛を貫くので、娘さんの友人との縁談は辞退させていただきます』

深津はペコリと内科医長に頭を下げた。

『美人で明るくて料理も上手だし、大地主の娘さんだぞ？　いい話なのにどうして断るんだ？』

内科医長は食い下がったが、深津は長々と薫への愛を唱え続けたという。いや、愛というよりセクハラだ。

もちろん、深津は医局に芝がいることを知っていた。デスクで平然としている芝がどれだけ嫉妬《しっと》で燃え滾っているか、考えるだけでも、深津は楽しいのだろう。

そこまで聞いた薫は馬鹿馬鹿《ばかばか》しそうに手をひらひらさせた。

「なんだ、内科医長の娘さんの友達？　いつもみたいに、結局、見合いを断る口実に使われているだけじゃないか」

医師や看護師の関係者が明和《めいわ》病院を訪れ、颯爽《さっそう》とした深津に一目惚《ひとめぼ》れしたという話は枚挙にいとまがない。深津がどんなに薫への愛を宣言しても、見合い話が持ち込まれる。誰も薫との恋愛話を信じていない証拠だ。

「どうして僕の薫くんを使うのですか」

何がどうあれ、芝の憤《いきどお》りは収まらない。

「センセイが妬《や》くから楽しいんだと思う。深津先生は俺たちを揶揄《からか》ってストレスを発散している。ひょっとして、メスで切る以外の楽しみかもな」

「……薫くん、君は僕のものなのに……」

芝の視線は薫の細い腰に注がれていた。

「勝手に触ったんだ」

逃げる暇がなかったんだ、と薫は慌てたように芝の肩を叩いた。

「もう一度言います。薫くんの身体《からだ》は僕のものです。僕のものなのになぜ挨拶のように触らせているんですか?」

芝は自分の言葉で怒りの度合いを大きくしている。彼自身、自分の感情を抑え込むつもりはないようだ。

「だから、深津先生が勝手に触っていくんだよ。俺は許可していない」

薫はイライラしてきて、ベッドルームに向かった。もう、さっさと寝てしまったほうがいい。

当然、芝は険しい顔つきで追ってきた。

「キスしたのですか」

芝の鋭い双眸《そうぼう》に貫かれ、薫の唇が火傷《やけど》したようにヒリヒリ痛んだ。

「事故だ」

薫は吐き捨てるように言うと、ベッドに上がった。乱暴な手つきで掛け布団の下に潜り込む。

「唇を許したのですね」

芝はベッドに腰を下ろし、冷酷な目で薫を見下ろした。

「語弊がある。だから、俺は深津先生のセクハラに悩まされているんだ」

薫は懸命に被害者の立場をアピールした。凪のように現れ、行為に及ぶ深津には打つ手がない。

「退職しなさい」

芝は冷たい迫力を漂わせ、命令口調でぴしゃりと言った。薫の退職は今まで幾度となく交わされた話題だ。

「そういうわけにはいかないんだよ」

好きな仕事ではないし、精神的にも体力的にも負担が大きいが、おいそれと退職できない。

「僕が君のすべてを背負う。君は何も案じる必要はない」

独占欲の強い芝の目が異常なくらい血走っていた。最高に危険だ。

「……あのさ、俺は親知らずを抜いたんだ。なんか、まだしつこくジンジンするんだ。センセイの声が響く」

薫は自分の左の頬を指で差した。

予《あらかじ》め聞いていたけれども、評判を裏切らず、抜歯後は半端《はんぱ》なく痛い。下の親知らずが斜めに生えていたからなおさらだろう。

瞬時にして芝は医師の顔になった。

「食事の後に薬を飲みましたか?」

「ああ、ちゃんと食べた後に飲んだ」

芝は薫の額に触れるだけのキスを落とした。

「……僕の薫くん、あまり僕を苦しめないでください」

芝が切なそうに目を細めたので、薫は無意識のうちに謝っていた。

「ごめん」

二度目のキスが薫の右目の下に落とされる。しかし、芝の手は伸びてこない。男性フェロモンも発散させない。

その夜、薫は昨夜に続いて芝と穏やかな夜を過ごした。


翌日の朝、薫は芝の腕枕《うでまくら》で目覚めた。昨日と同じように薫の身体は無事だ。変態絶倫医師とは思えない紳士ぶりに、薫は感動さえしてしまった。

なんだ、やればできるんじゃないか、と。

「僕の薫くん、おはよう」

芝がゆっくり目を開け、気怠《けだる》そうに朝の挨拶《あいさつ》をした。

「ああ、おはよう」

「まだ痛みますか？」

芝の視線の先は薫の左の頰だ。

「痛い」

薫は泣きそうな顔で率直に答えた。口腔内《こうくうない》の左の奥はジンジンと痛み、熱を持っている。

「消毒は明日ですか？」

「ああ、二日後って言われたけど日曜日だし」

二日後が消毒、一週間後に抜糸、と口腔外科医の正木《まさき》は指示した。あいにく、二日後の今日は日曜日のため、月曜日に予約を入れている。

「そうですか」

芝は一呼吸おいた後、真剣な顔でガラリと話題を変えた。

「薫くん、真蓮《しんれん》のところに足を運んでいませんね？」

唐突に芝が霊能者の名前を口にした。一瞬にして、彼の周りの空気がどっしりと重くなる。

「え？　真蓮？　行ってないけど」

紹介してくれた安孫子《あびこ》には、当《あ》たり障《さわ》りのない会話ですませた。芝の忠告通り、真蓮を神のように崇《あが》めている安孫子にも一線を引いている。

いくら度を越した世間知らずの安孫子でもそのうち気づくだろう、と薫は踏んでいた。

「それでよろしい。昨日、病院内で深津先生がヒーラーと揉《も》めました。薫くんに関しては許しがたいが、深津先生の怒りの理由はよく理解できる」

昨日、医局で深津が薫を理由に内科医長から持ち込まれた見合いを断った後の出来事らしい。

直前に迫った手術をいきなり担当患者が拒絶したという。深津は血相を変えて説得にかかった。

担当患者は一刻の猶予もならない状態にも拘《かかわ》らず、頑として手術を拒み続ける。理由を探っていくと、担当患者はヒーラーに心酔していた。ヒーラーの勧めに従い、転院まで希望したそうだ。

転院などで体力を消耗させるわけにはいかない。

とうとう深津は見舞いに訪れたヒーラーと対峙《たいじ》し、挙げ句の果てには卍固《まんじがた》めで押さえ込んだそうだ。

「深津先生、病院内でプロレスか……」

深津らしいといえば深津らしいが、薫は呆気《あっけ》に取られてしまう。担当患者にはベテラン看護師長や外科部長、ならびに副院長まで出てきて説得に当たった。

嘆かわしいが、このような話は初めてではない。スピリチュアルブームは病院に確実に暗い影を落としている。

「リハビリは必要です。お祈りで足は動きません」

芝の担当患者は開運カウンセラーなる霊能者に心酔し、リハビリを拒否して、朝から晩まで熱心に祈り続けたという。当然かもしれないが、奇跡は起こらない。リハビリを止めた結果、悪化を招いた。

お祈りが足りない、心からお祈りを捧《ささ》げなさい、と開運カウンセラーは芝の担当患者を窘《たしな》めたそうだ。

話を聞いているだけでも、薫は腹立たしくてたまらない。

「そりゃ、そうだろうな」

「君は純粋ですから騙《だま》されないか心配です」

薫は芝に出会うまで自分が純粋だと思ったことは一度もなかった。純粋と称されると違和感がある。

「俺、そこまで世間知らずじゃないから」

センセイよりも世間を知っているし、一般常識を持っている、という確固たる自信があったが、あえて口にはしない。何しろ、芝は今日も出勤だ。ベッドで言い争っている暇はない。第一、言い合っても、負けるのは決まっている。

芝は目覚まし時計で時間を確かめると、ベッドからゆっくり下りた。ちょっとした動作もスマートだ。

「薫くん、朝食は食べられますか？」

芝はパジャマにカーディガンを羽織りながら、ベッドに沈んでいる薫に尋ねた。

「スープとおじや、昨日と違う味がいい」

薫のリクエストを芝は微笑で承諾した。

「わかりました」

キッチンに向かう芝に続き、薫もベッドから下りた。

リビングルームには気持ちのいい朝陽が射し込んでいる。弁当を持ってどこかに遊びに行きたい気分だが、芝に対して口には出さない。芝が気に病むと容易に想像できるからだ。

薫はテーブルにあるペットボトルの水素水を立ったまま飲む。やはり、口腔内の違和感は大きい。

「明日、仕事なのに困るな」

明日もこの調子でジンジン疼くのか、明日には鎮まっているのか、薫は調べるように左の頬に手を添えた。

「明日になれば少しは引くでしょう」

芝は抑揚のない声で言うと、ポテトのスープをテーブルに載せた。

「そうか?」

光明が見え、薫の顔がぱっと明るくなる。

「個人差がありますから断言はできませんが」

芝は躊躇《ためら》いがちに釘《くぎ》を刺す。個人差という言葉は免罪符のように、さまざまなシーンで駆使されている。

「いや、センセイの言葉を信じるぞ。明日にはマシになる。明日にはマシになる。明日にはマシになる」

薫はポテトスープに向かって祈るように唱えた。トマト風味のおじやにもヨーグルトにも呪文《じゅもん》のように繰り返す。

芝は切れ長の目を細め、何も言わない。カマンベールチーズとハムを挟んだフランスパンを無言で咀嚼《そしゃく》した。

それから、芝は身なりを整え、優しいキスを落として出勤する。薫は穏やかな気持ちで見送った。

昨日と同じように芝は休憩時間に電話をかけてくる。薫は安心させるように弾んだ声で答えた。

深夜の十一時過ぎ、帰宅した芝をパジャマ姿で出迎える。疲れているだろうに、そんな素振りはいっさい見せなかった。

「薫くん、どうですか？」

芝は薫の左の頬を調べるように眺めている。

「痛い。ブルーベリーも食べる気になれん。嚙むのが怖いんだ」

仕事でパソコンを扱っている薫を気遣い、芝は目にいいとされているブルーベリーをよく買っていた。生であれ冷凍であれ、ブルーベリーはヨーグルトに入れて食べるのが好きだったが、今はそんな気になれない。

「右の歯で嚙めばいい」

スープやおじやは右から食べている。ストローで飲む水やコーヒー、ジュースにしてもそうだ。

「右の歯でも嚙めない。ブルーベリーでもその塊《かたまり》がいやだ」

あんな小さなブルーベリーの粒が怖くなる日がくるなんて、薫は夢にも思っていなかった。ドセル錠といい、小さいからといって侮れない。人生、生きているといろいろあるよな、と感慨深く思ってしまう。

「栄養失調になりそうで心配です。いざとなれば点滴を打ちましょう」

芝は薫の額に手を当てた後、脈を測った。彼はどこもかしこもほっそりとしている薫を案じている。

「そこまでしなくてもいい。ほら、ゼリー系の栄養なんとか、があるだろ？　ああいうので栄養を摂《と》るから」

現在、便利なものが溢《あふ》れている。わざわざ点滴に頼るまでもない。

「少しでも不調を感じたら教えてください」

単なる疲れだと思っていたら、大きな病気の予兆だった。気づいた時には遅い。悲しいけれども、よくあるケースだ。

「わかってるよ」

薫は感謝を込めて、芝の肩を叩いた。

隙《すき》あらば薫に襲いかかる男が草食系の動物の如くおとなしい。羽毛のようなキスで終わるなんて奇跡だ。

薫は親知らずを抜いたメリットを見つけた。

セックスレスって楽でいいな、と薫は芝の隣でしみじみと思った。

たとえ明日から楽になっても、痛むふりをすれば夜のお勤めを免《まぬか》れることができるかもしれない。要は演技力だ。

薫は芝の温もりを感じつつ、静かに目を閉じた。

6

翌朝、仕事場に行くと、医事課の明るい女性スタッフが朝の挨拶《あいさつ》もせずに声をかけてきた。

「久保田《くぼた》主任、親知らずは大丈夫ですか？　霊能者の真蓮《しんれん》のこと聞きましたか？　許せませんよねっ」

明るい女性スタッフの第一声に薫《かおる》はひたすら戸惑う。タイムカードを押す手が止まってしまった。

「親知らずで死にかけた。迷惑をかけてすまない。……で、真蓮ってあの霊能者だろ？　どうした？」

薫は気を取り直してから、タイムカードを押す。

「知らないんですか？　真蓮は霊能者じゃなくて稀代《きたい》の詐欺師なんですって。最低じゃないっ」

真蓮の本当の顔を書いた暴露記事が週刊誌に掲載されたという。今朝、ありとあらゆる新聞の広告欄に載っていたそうだ。すでにインターネットでも真蓮の巧みな手口が明かされているらしい。

薫は新聞を見ずに出勤したので知らなかった。

「私、そろそろいい人が現れる、って真蓮に聞いたから期待していたのに。綺麗《きれい》な言葉と綺麗な心で頑張ったのに。本当に信じていたのに。お金と時間を返してほしい」

明るい女性スタッフはヒステリックに叫んだ。真蓮の言葉に乗せられて、いろいろとその気になったらしい。真蓮の事務所に通った時間や支払ったセッション代金は、どんなに悔しがっても二度と戻ってこない。

「そうだね」

薫の脳裏に真蓮に心酔していた安孫子《あびこ》が浮かんだ。続いて芝《しば》や深津《ふかつ》のしたり顔も登場する。

「詐欺罪にならないんですか?」

真蓮を訴えたい女性スタッフの気持ちはわからないでもない。

「難しいだろうね。とりあえず、今は仕事に集中してください」

薫がせつせつと言った時、バスが到着して外来患者が団体で押し寄せた。女性スタッフは真蓮について愚痴っている場合ではない。薫はドアを開けてオープンカウンター式の総合受付に出る。当然、真蓮に怒り心頭の女性スタッフも続いた。

「おはようございます」

薫は優しい笑顔で外来患者を迎えた。

せわしない一日が始まる。

休憩時間、スープとヨーグルトを食べていると、受付から連絡が入った。口腔外科《こうくうげか》の診察の順番が回ってきたのだ。

薫は歯を磨いてから、口腔外科に向かった。変人医師に対する心構えはできている。何を言われても動じない。

おっしゃっ、と気合を入れて口腔外科の外来に立つ。

顔見知りの看護師が笑顔で迎えてくれた。そのまま処置室に入ると、カルテを眺めている正木《まさき》がいた。

「腫《は》れていますね」

正木は淡々とした様子で薫の左の頰《ほお》を指摘した。

「はい、痛いです」

昨日に比べたらそうでもないが、まだジンジンと痛む。

「冷たいシートを貼《は》っておきなさい」

正木は芝と同じ指示を出した。

「家にいる時は貼っていました」

「そろそろ痛みが引くはずですよ」

正木に促されるまま診察台に上がり、うがいをしてから、口を大きく開けた。

「綺麗ですね」

正木は抜歯後の状態に至極満足そうだ。一言では言い表せない奇怪なムードを漂わせている。

消毒後、再度、薫はうがいをした。

「次は抜糸です。痛み止めはまだ必要ですか?」

「もうドセルはいりません」

「どうしました?」

正木はほんの少し眉《まゆ》をあげた。マスクをしているので、どんな表情をしているのかわからない。

「ドセルで死にかけました」

薫は手振りを加えつつ、壮絶な体験談を語った。今、こうやって生きているのが不思議だ。あの時、本当に死ぬと思った。

「アレルギーですね」

正木はまったく動揺せず、カルテにペンを走らせる。ドセル錠に関して綴《つづ》っているのだろう。

「……みたいですね」

あまりにもあっさりしているので薫は拍子抜《ひょうしぬ》けしてしまったが、正木は相変わらずの調子でサラリと言った。

「金曜日、抜糸の後に伊香保《いかほ》に向かいます。なんの準備もいりませんが、替えの下着は持ってきなさい。私のサイズでは合わないと思う。浴衣《ゆかた》はサイズが揃《そろ》っているから安心なさい」

一瞬、正木が何を言ったのかわからなくて聞き返した。

「……え？」

替えの下着ってパンツのことだよな、パンツ、パンツ、なんでパンツ、と薫の頭の中はぐるぐる回った。変人に対する気合がどこかに吹き飛んでしまったようだ。

「伊香保の紅葉は一見の価値があります。特に秋の河鹿橋《かじかばし》は見ごたえがありますから楽しみにしていなさい」

夜、紅葉のシーズンはライトアップされ、河鹿橋付近では幻想的な紅葉狩《もみじが》りが堪能できる。

パンツと紅葉の接点が見つからない。いや、ちゃんと接点はある。薫はようやく我に返った。伊香保温泉旅行に誘われていることに気づく。

ロマンの欠片《かけら》もないような整形外科部長が、かつて紅葉に染まった伊香保温泉に行き、感動したそうだ。

現実から目を背けようとしているのか、薫は女風呂《おんなぶろ》を覗《のぞ》きたくてたまらなかったという整形外科部長の話まで思いだした。整形外科部長は最後の理性で露天風呂の壁をよじ登らなかったそうだ。

「俺、女湯を覗きたくなるので温泉は無理です」

薫は薫なりに角を立てずに温泉旅行を断ろうとした。どうしてこんな理由が口から出たのか、自分でもよくわからないが、今さら訂正するわけにはいかない。

「君は女湯に入りたいのか？」

正木は驚いたらしく目を大きく見開いた。

「男ですから」

薫は堂々と女好きをアピールした。

「君ならば女だと言い張れば女湯に入れるかもしれない。ちゃんと女性の姿をしてくるように」

正木はメガネをかけ直しながら、凛《りん》とした声で言い放った。

「……え？　女性の姿？」

薫は豆鉄砲を食《く》らった鳩《はと》のような顔で固まってしまう。どうしてそんな指示が出るのかわからない。

「最近、化粧をしてスカートを穿《は》いている男がテレビによく出ている。君もそうなんだね」

変人の思考回路がフル回転したのか、正木は薫をニューハーフの類だと勘違いしたようだ。

「違います」

薫は唾《つば》を飛ばして力んだが、正木は首を傾《かし》げている。

「ならば、どうして女湯がいいのだね？」

「そんなの、男だったら女湯を覗きたくなるに決まっているでしょう」

女の心を持っているから女湯を覗きたいわけじゃない。男の心を持っているから女湯を覗きたいのだ。正木の解釈に薫は呆然《ぼうぜん》とするしかなかった。

「私は一度もそんなふうに思ったことはない」

正木は胡乱《うろん》な目でマスクを外した。男の心理が理解できないらしく、彼は不思議そうな表情を浮かべている。

「医局でほかの先生に聞いてください。外科部長や整形外科部長は女湯を覗きたくてたまらないと思いますよ」

外科部長と整形外科部長が、覗き見ができる温泉はないかと、製薬会社の営業に聞いていたことを知っている。中年の部長コンビの口調は冗談混じりだったが、三分の二以上、本気だと薫も製薬会社の営業もわかっていた。

製薬会社の営業は秘境にある混浴を勧めたが、中年のコンビは納得しなかった。中年の部長コンビにはそれ相応のこだわりがあるらしい。

ちなみに、腕のいい整形外科部長は全国的に有名で、彼がいるから明和病院の整形外科のレベルが高いとされている。若い芝は医師として一本立ちしているものの、整形外科部長の保護下にあった。

「私には理解できない」

正木はストイックな聖人君子なのだろうか、それともただ単に淡白なのか、薫には判断がつきかねる。ただ、近づかないほうがいいことは明白だ。もしかしたら、芝よりいろいろな意味で危険かもしれない。

「とりあえず、伊香保温泉はご辞退させていただきますので……」

薫は診察台をそそくさと下り、処置室から出ようとした。だが、正木に腕を摑《つか》まれてしまう。

「君を迎える準備は整った。苦手な食べ物はあるか？　今のうちに言いなさい」

薫の拒否を聞いていなかったのか、聞く気もないのか、押しきる気か、正木は強引に進めようとした。

「実はその日、金曜日の夜は残業決定です」

そうだ、この手があったんだ、と薫は今さらながらに正当な理由を思いついた。事実、仕事は山積み状態のままで、いつまでたっても状況は改善されない。自転車操業を繰り返している中小企業の経営者の気持ちがよくわかる。

「私が断ってあげよう」

正木ならば医事課の課長に連絡を入れるかもしれない。なんの役にも立たない課長がどんな応対をするか、薫には手に取るようにわかる。その場で伊香保温泉行きは決定だ。

「土曜日は出勤した後、プライベートでも予約がありまして」

薫は顔を痙攣《けいれん》させて、真っ赤な嘘《うそ》を重ねた。

「私が断る。安心したまえ」

「すみません、忙しいので失礼します」

薫は強引に正木の腕を振り切ると、処置室から駆けだした。口腔外科の看護師が楽しそうに笑っている。

「久保田主任、正木先生と一緒に伊香保温泉に行ってあげてよ。正木先生が可哀相《かわいそう》じゃない。可愛《かわい》い顔をして冷たいわね」

薫は看護師が手にしていた自分の伝票を奪うように取った。

「……し、失礼します」

薫は自分の伝票を持って、総合受付にひた走る。

　変態も変人も芝ひとりで充分だ。目の前に総合受付が見えた時、背後に人の気配を感じた。即座に臀部《でんぶ》を撫《な》で回《まわ》される。後ろを振り向く必要はない。

「深津先生、やめてください」

　薫は苛立《いらだ》ち紛《まぎ》れに臀部にある大きな手を抓《つね》った。

「金曜日、救急で運ばれたわりに元気だね。俺の名前を呼んだんだって？　行ってやれなくてすまない」

　薫がさらに強く抓っても深津の手は臀部から離れない。

「誰も呼んでいません」

　やっと深津は臀部の手を引いたが、代わりに薫の肩を凄《すさ》まじい力で抱き寄せた。小柄な薫は深津の腕にすっぽり収まってしまう。

「俺と伊香保温泉に行こうか」

　薫は深津の腕から逃れようとしたが、伊香保温泉という言葉に反応した。恐る恐る深津を見上げる。

「なんで伊香保温泉？」

　正木とはなんの関係もなく、単なる偶然だと思いたい。薫の希望的観測は呆気《あっけ》なく打ち砕かれた。

「正木先生に宣戦布告された」

深津は不敵な微笑を浮かべたが、薫の顔は強張《こわば》ったままだ。

「宣戦布告?」

今朝、擦《す》れ違《ちが》い様《ざま》に、深津は正木に声をかけられたという。

『深津先生、久保田薫さんを伊香保に連れていきます。そのつもりでいてください』

予想だにしていなかった言葉に、深津は啞然《あぜん》としたものの、早口で聞き返した。

『……え? 薫ちゃん? 受付にいる小さな薫ちゃんだな? 薫ちゃんを伊香保に連れていってどうする?』

深津は確かめるように尋ねたが、正木は足早に通り過ぎていった。目まぐるしい病院内の朝、あえて正木を追いかけはしなかったそうだ。

深津は意味深な目で薫を覗き込んだ。

「俺の薫ちゃん、浮気か?」

深津に説明されるまでもなく、浮気旅行といえば温泉は定番のひとつだ。薫は眩暈《めまい》を感じつつ、縋《すが》るような目で訊《き》いた。

「深津先生、正木先生って変ですよね?」

変、という言葉にわざと力を入れる。

「ああ、変だ」

深津はニヤリと微笑《ほほえ》み、薫の髪の毛をくしゃくしゃにした。

医師の間ではすでに正木の性格は知れ渡っている。けれど、医師にとって正木はとりたてて騒ぐほどの変人ではない。もっと凄絶《せいぜつ》な変人がごろごろ転がっているからだ。変人レベルの値に換算すれば、レベル2ぐらいのひよっ子である。

「俺、正木先生と伊香保温泉に行く気はありません。プライベートでつきあう気もありません。そこのところ、よろしくお願いします」

薫は救いを求めるように深津の白衣を引っ張った。なんといっても、正木が不気味で仕方がない。芝に知られたくないが、どうしたって人の口に戸は立てられない。嫉妬《しっと》に狂った芝が怖い。

「薫ちゃん、俺というものがありながらほかの男を誘惑したな」

深津は喉《のど》の奥で楽しそうに笑った。彼は正木が一方的に薫を気に入っているだけだと、ちゃんと把握している。それでも、嬉々《きき》として薫を揶揄《からか》うのだ。

「誘惑なんてぜんぜんしていません。そんな色恋沙汰《いろこいざた》みたいな話、俺は一度だってしなかったのに……もしかしたら、俺のほかの親知らずを狙《ねら》っているのかもしれない」

薫の瞼《まぶた》には芝の怜悧《れいり》な美貌《びぼう》がちらつき、焦燥感に駆られたが、抜き魔の習性に思いついた。恋や愛を求められるより、親知らずを求められるほうが楽だ。ドセル錠さえ服用しなければいいのだから。

「親知らず？　ああ、正木先生は親知らずを抜くことに命をかけているけど、親知らず目当てで実家には連れていかないと思うぞ」

深津は薫のかすかな希望も粉砕した。

「……実家、温泉旅館でしたっけ」

診察で正木がだらだらと喋っていた内容は覚えている。正木が伊香保で泊まるところは実家だろう。

「正木先生の実家は伊香保温泉の老舗旅館《しにせりょかん》だ。両親や家族に薫ちゃんを紹介する気なんだろう。大事な恋人だって」

正木にとって故郷は神聖でいて何よりも大事な場所だ。単なるスタッフを伊香保温泉に連れて行くわけがない。

恋人、という言葉に薫は狼狽《ろうばい》した。

「……っ、ど、ど、どうして……俺が……」

薫は虚ろな目で首を小刻みに振った。そもそも、どうして正木に好かれたのか、皆目見当もつかない。

好きになるのに理由なんかない、という言葉を口にしたのは芝だったが。

「魔性の男だな」

爽《さわ》やかな色気を醸《かも》しだしている深津に、それらしく耳元に息を吹きかけられた。薫は顔を派手に歪《ゆが》める。

「ま、魔性の男?　ひ、ひ、氷川《ひかわ》先生、氷川先生はメガネをとったらすっごく綺麗でした。正木先生と仲良くしてあげるよう氷川先生に勧めてください」

若手内科医の氷川は視力は悪いそうだが、銀縁のメガネで白皙《はくせき》の美貌を隠しているフシがあった。銀縁のメガネをかけていなければ、どこからどう見ても医師には見えない。まさしく、生きた日本人形だ。

魔性の男というフレーズは自分より氷川のほうが似合う。いや、さしあたって、正木から逃れたい。

「氷川先生?　あの真面目《まじめ》でおとなしい先生を生贄《いけにえ》にするの?」

生贄、という深津の辛辣《しんらつ》な表現に薫は困惑した。

氷川は芝と張り合うぐらい勤勉な医師で、文句のつけようがない。折にふれ、優しく接してくれる。

氷川を変人の生贄にする気は毛頭ない。

しかし、薫は正木の生贄にはなりたくない。

優しい氷川ならば下手《へた》をしたら変人に食《く》い潰《つぶ》されてしまうかもしれない。あってはならないことだ。良心が痛む。

「じゃあ、深津先生が正木先生とつきあってあげてください」

医事課の王子様系スタッフが深津に夢中だが、今の薫には構っている余裕がない。自分に降りかかった火の粉を振り払うのに必死だ。

「俺と正木先生じゃ戦争になる。駄目だ」

深津と正木では肉食系のオス同士でぶつかり合うだろう。友人づきあいも難しいかもしれない。

「戦争でもなんでもいいから正木先生をよろしく」

薫は深津の手を鼓舞するように握って大きく振った。そして、総合受付に向かった。背後から深津の笑い声が聞こえてきたが気にしない。

頭痛の種がまた増えた。


ガラス張りの正面玄関の向こう側は茜色《あかねいろ》に染まっていた。すでに総合受付付近は閑散として、長い椅子に患者は座っていない。受付の隣にある薬局の前で数人の患者が薬を待っていた。

定時の五時になっても、会計の薫は帰れない。外来患者がまだ内科に何人も残っているからだ。

女性スタッフたちが端末の前で興奮気味に真蓮の話をしている。朝からずっと真蓮の話で持ち切りだ。

「真蓮が言っていたことは全部嘘なの？　人との出会いには理由があるとか、なんでもいいように考えなさいとか、守護霊が心配しているとか、お母さんの水子霊が姉の私の邪魔をしているとか、いろいろと言われたけど、ああいうのも嘘？」

「いいことをそれらしく言うのが得意なんだって週刊誌にあったわ」

「壺《つぼ》とか数珠《じゅず》とかお札とかお守りとかご神水とかパワーストーンとか、売りつけられないからわからないのよね。寄付金を迫られたらそこですぐにわかるのに」

女性たちの話に入らず、薫は無言で耳を傾けていた。エレベーターから仕立てのいいスーツに身を包んだ青年が降りてくる。

メガネをかけた青年は受付に向かって真っ直《ま》ぐ《す》進んできた。外来患者か、と薫はメガネをかけた青年を見た。患者にしては元気そうな青年だ。

「薫さん、まだ仕事は終わらないのですか」

メガネをかけた青年に声をかけられ、薫はようやく気づいた。彼は口腔外科医の正木である。診察中、マスクをしている時の正木の印象が強いのでわからなかった。おまけに、診察中とスーツ姿では他人のようにイメージが違う。

「お疲れ様です。俺は残業です」

薫は冷静かつ事務的に正木に接した。

真蓮の噂にうつつを抜かしていた女性スタッフは、興味津々といった風情で聞き耳を立てている。

「終わったら連絡を入れなさい。送っていこう」

正木は受付カウンターに左肘《ひだりひじ》をついた。

「いえ、何時になるかわかりませんから結構です。正木先生、お疲れでしょう。どうか早くお帰りになって休んでください」

さっさと帰れ、と薫は心の中で凄んだ。

「待っているが?」

「正木先生は明日も仕事でしょう。神経も体力も使う仕事なのに、月曜日から疲れてどうするんですか。すぐ帰って休んでください。代理で来た医師が倒れたら洒落になりませんよ」

薫がぴしゃりと言うと、正木は口元を綻《ほころ》ばせた。気分を害した様子はない。事実、口腔外科部長の代理で派遣された正木が休んだら目も当てられない。正木自身の評価にも繋《つな》がる。

「私のためを思ってくれるのか」

伏し目がちの正木にしみじみと言われ、薫は地球圏外生物の断末魔のような声を上げた。

「……ふふぶぇっ？」

「では、また明日に」

正木は照れくさそうに微笑むと、薫の前から去っていった。

総合受付には沈黙が流れる。

静寂を破ったのは真蓮に入れ込んでいた女性スタッフだ。

「小児科の看護師さんがそのうちに恋人が現れる、病院内で出会う、って真蓮から言われていたの。正木先生じゃないか、って小児科の看護師さんは思っていたみたいなの。でも、でも、なんか、正木先生のお気に入りは久保田主任？」

容姿や性格を問わず、独身医師はモテる。なかなかのルックスをしている正木は、あちこちの女性からアプローチを受けていた。

「……う、お気に入りじゃないと思うんだけど」

薫は顎《あご》をガクガクさせながら、やっとのことで言った。

「絶対、お気に入りですよ。正木先生、総務部の女の子が頼んだのに送ってくれなかったって」

女性スタッフは手や腰を同時に振りながらはしゃいでいる。

「正木先生、独身だから気をつけているんだよ。女性と下手に一緒にいたらいろいろと言われるけど、男の俺だったら安全だからさ」

薫が必死になって言い繕った時、医事課のドアが開いて、入院担当の女性スタッフが顔を出した。

「久保田主任、整形外科の芝先生からお電話です」

薫は右の親知らずまで抜けた気がしたが、入院担当の女性スタッフに向かって無理やり微笑んだ。

「ありがとう、行きます」

薫は受付業務で鍛えた笑顔で医事課に入り、デスクに置かれている受話器を取った。

「お待たせしました。久保田です」

同じ病院に勤めていても、医師と医事課のスタッフの間はさまざまな意味で遠い。医師が名指しで医事課スタッフに連絡を入れることは稀《まれ》だ。けれど、医療保険請求で整形外科を担当しているので、芝が電話をかけてきてもおかしくはない。要は薫の演技力だ。医事課にいるスタッフに悟られてはいけない。ここにも芝のファンは多い。いや、ここで芝に興味のない女性はひとりもいない。

『僕の薫くん、今日も深津先生と廊下で愛し合っていたと聞きました。どういうことですか』

芝の第一声に薫は髪の毛を掻《か》き毟《むし》ったが、入院担当の女性スタッフは横目でちらちらと窺《うかが》っている。芝とどんな話をするのか知りたいのだろう。

「申し訳ありません。その件はまだ調べている最中です」

いったいどこにいるんだ、医局からじゃないよな、そんなくだらないことでいちいち電話をするなっ、と薫は心の中で怒鳴った。

『口腔外科の看護師から聞きましたが、正木先生の実家に挨拶に行くとは何事ですか？温泉に行きたいならば僕が連れていきます。正木先生に頼む必要はありません』

そっちもバレたのか、と薫の背筋に冷たいものが走った。噂の出所である口腔外科の看護師を恨んでも仕方がない。

「データが上がってこないとこちらも処理できません。申し訳ありませんが、もう少しお時間をください。よろしくお願いします。失礼します」

芝が何か言っているのはわかったが、薫は強引に話を終わらせて電話を切った。さすがにかけ直してはこない。

「芝先生って本当に素敵ですよね」

入院担当の女性スタッフが頬を染めて声をかけてきた。

「男から見ると腹が立つよ」

薫が大袈裟《おおげさ》に肩を竦《すく》めると、入院担当の女性スタッフは目を丸くした。

「そうなんですか？」

実際、芝はコンプレックスを刺激する男だ。何しろ、喉から手が出るほど欲しいもののすべてを芝は持っている。
だが、芝には悲しい過去があった。苦労知らずのお坊ちゃまだとばかり思っていたが、
フィギュアスケートの選手だった妹を亡《な》くしていたのだ。妹は十六歳の時に交通事故で両
足を切断し、そのショックで窓から飛び降りてしまったという。芝と母親が少し目を離し
た隙《すき》の悲劇だった。
母親は後追い自殺をしかけたそうだ。芝は妹を車でひいて逃げた相手を殺そうと狙った
らしい。相手を殺しても妹は帰ってこないと、わかっていても、許せなかったという。芝
の慟哭《どうこく》に薫の目も潤んだ。
妹の自殺が芝に整形外科医への道を進ませたのだろう。
「ああ、腹が立つ」
薫は手を振りながら医事課を出て、カウンター式の総合受付に戻った。
すでに正木の話題は終わっている。ちょうど、最後の患者の精算が終わったらしく、総
会計の準備に取りかかっていた。あとはデータとレジの数字が合えばいい。
ひとふんばり、と薫は肩を回して取りかかった。

芝に振り回されているのに、深津に加えて正木まで出てきた。薫はぐったりと疲れ果てた。バスの中で座ると、駅に着いても立ち上がれなかったほどだ。

スープにおじやにヨーグルトにゼリー、そういった類《たぐい》のものしか食べていないので、余計に体力が続かないのかもしれない。

いつの間にか、ジンジンする痛みも消えていた。痛感がなくなると、空腹を感じる。昼はスープとヨーグルトだけだった。

しかし、駅付近のカフェやレストランに入る気がしない。薫は戦う事務員の根性で立ち上がると電車に乗った。

芝と暮らしているマンションがある駅で降りる。重い身体で駅に直結しているスーパーで買い物をした。

ここ最近、生物《なまもの》を食べていない。身体のためには生物を食べたほうがいい。薫は好きな刺身が半額になっていたので飛びついた。

今夜の食事は刺身の盛り合わせだ。

薫はスーパーの買い物袋を手にマンションに帰る。芝のいない部屋でテレビを観《み》ながら刺身を食べた。

「刺激物はやめたほうがいいんだったよな」

薫はマグロやイカの刺身にワサビをつけずに食べた。醬油《しょうゆ》だけでも充分美味《おい》しい。久しぶりの固形物をゆっくり咀嚼《そしゃく》する。

子供の頃から大好きなしめサバは絶品だった。あじのタタキもなかなかだ。

薫は刺身を堪能した後、痛み止めと胃薬を飲んだ。すでに飲む必要がないかもしれないが、やはりまだ不安なのだ。

深津には参っているが、正木にはさらに参った。なんの罪もない伊香保温泉まで憎たらしくなってくる。

ふと、八十二歳の男性患者に温泉旅行に誘われた過去を思いだした。芝が老人にまで妬いたのでのけぞったものだ。浮気防止として、寝ている間に下の毛を綺麗さっぱり剃《そ》られてしまった。

もちろん、目覚めて気づいた時、薫は芝に往復ビンタを食らわせたが。

『可愛いでしょう、そっちのほうが似合いますよ』

芝は薫に叩かれた頬を摩《さす》りつつ、しれっと答えた。まったく悪びれていない。

『な、何が可愛いだ、似合うだっ』

薫は丸見え状態の股間に喚《わめ》きたくなった。まるで子供だ。

『浮気しないように』

『だから、俺はモテないと言っただろう』

どんなに寂しい過去を告げても、芝の嫉妬心は抑えられなかった。彼はどこかのネジが飛んでいる。

『温泉に誘われたのはどなたですか？』

『そんな枯れ果てたお爺《じい》ちゃんが何をするっていうんだよ』

薫は怒りを通り越して脱力感に苛まれたものだ。

正木に温泉に誘われたと知れば、また綺麗さっぱり剃られるかもしれない。それはなんとしてでも阻止したい。

考えれば考えるほどむしゃくしゃしてきて、テレビ番組の中で笑っているタレントが凶悪犯に見えてきた。

「こいつ、確か真蓮のレポーターをしたタレントだ」

好青年で売っているタレントは、真蓮の事務所に赴《おもむ》き、その力を絶賛していた。

真蓮の暴露話は電光石火の速さで広まり、インターネットでは被害者の証言が増え続けている。その真蓮の巧みな手口は感心してしまったほどだ。暴力団まで絡んでいるとは夢にも思わなかった。

真蓮に支払った金で刺身がどれくらい食べられたか、どれくらい酒が飲めたか、薫は計算しかけたがやめた。考えても虚しいだけだ。

薫はソファに横たわると、テレビを消した。

芝が帰ってくるまでに風呂に入ったほうがいい。薫は刺身を堪能した胃袋を手で押さえ、嵐《あらし》のような芝に対するシミュレーションを考えた。

寝るつもりがなかったのに、ソファで寝てしまったらしい。だが、そんなに寝てはいない。たぶん、芝の帰宅はまだまだだ。

薫はのっそり立ち上がると、バスルームに向かった。

グレープフルーツの入浴剤を入れたバスタブでゆっくり寛《くつろ》ぐ。気持ちいいのだが、なぜか物足りなくて、無性に温泉が恋しくなってしまった。風を感じられる露天風呂は最高に好きだ。もちろん、正木と行く伊香保温泉は問題外である。絶倫変態男の仇名《あだな》をつけた芝と行くのも一抹の不安が付《つ》き纏《まと》う。温泉などに一緒に入ったら、絶倫男のテンションが上がるのは避けられない。

芝につけられたキスマークは薄くなっている。そろそろ温泉の代わりに近所にある健康ランドに行けるかもしれない。風呂上がりにマッサージを受けると効果的だ。中国整体も足つぼもいい。

薫は湯に浸かりながら、癒《い》やしの予定を組んだ。

風呂から出た後、身体を拭《ふ》いているとあちこちに痒《かゆ》みを感じた。特に内股《うちまた》が痒くてたまらない。

「あれ？　虫に刺された？　秋の虫？」

薫はパウダールームに座り込み、自分の内股を見た。

一瞬、錯覚かと思った。

薫はタオルで顔をゴシゴシ拭いてから、再度、自分の内股を見つめる。

キスマークの色が濃くなり、広がったわけではない。

赤い蕁麻疹《じんましん》だ。

「な、なんだ？　蕁麻疹？」

内股の蕁麻疹が一番ひどく、大きな地図を描いている。ふくらはぎや二の腕も赤い模様が浮きでていた。

「ちょっと待てーっ」

二十七歳で体質が変わったのだろうか、今まで蕁麻疹に苦しめられたことはない。二十七歳で体質変化の心当たりといえば男相手の初体験だ。違うよな、と薫は素っ裸のまま呆然とした。

いや、痒くていてもたってもいられない。

けれども、掻いてはいけないと知っている。芝のことだから何か常備しているはずだ。

薫はリビングルームに駆け足で向かう。

ドアに足の親指をぶつけ、掠《かす》れた呻《うめ》き声《ごえ》を上げた。

「……い、いてぇ……っ……」

なんでこんなところにドアがあるんだ、と薫が身勝手な怒りを爆発させた時、スーツ姿の芝が帰ってきた。

「……薫くん？　薫くん？」

芝の呼び声に薫は反応した。

「おいっ、蕁麻疹に効くのはどれだっ？」

薫は仁王《におう》立《だ》ちで足早に近づいてくる芝に怒鳴った。

「薫くん？　素敵なお出迎えをありがとう。僕を待っていてくれたのですね」

だらしなく頰を緩ませた芝の手が伸び、薫の身体をぎゅっと抱き締める。風呂上がりの薫が身に着けているものは何もなかった。変態男の目には恋人が艶《なま》めかしく誘っているようにしか見えないのだろう。

「痒い、痒い、痒い、それどころじゃない、蕁麻疹だ、なんとかしろっ」

薫は芝の顔目がけて、細い腕を振り回した。

「蕁麻疹？」

芝は筆で描いたような眉を顰《ひそ》め、薫に回していた腕を解《ほど》いた。医師の目で薫の肌を観察する。

「俺、初めてだと思う」

薫は俯《うつむ》いて自分の内股を眺めた。見れば見るほど泣きたくなってしまう。トラブルが続いた後に、薬品アレルギーで死地を彷徨《さまよ》い、今夜は蕁麻疹だ。真蓮は信じていないが、忍耐の一年であるような気がしてならない。

「根本的な治療にはなりませんが、リンデロン軟膏《なんこう》を塗りますか」

芝は真剣な目で皮膚科でよく使われる軟膏の名前を口にした。薫も会計で打ち込んでいるので名前は知っている。虫刺されにもリンデロン軟膏だ。

「痒くなくなればそれでいい」

芝は優雅なチェストの引き出しからリンデロン軟膏を取りだした。彼は革張りのソファに視線を流す。

「薫くん、ソファに座りなさい」

薫は言われるがままにソファに腰を下ろし、リンデロン軟膏を求めて手を伸ばした。それなのに、芝は薫の前で膝をつき、リンデロン軟膏を一番ひどい内股に塗りだした。

「俺、自分で塗るから」

薫は慌てて足を閉じようとしたが、芝がいるので閉じられない。

「僕が塗ってあげます」

芝の目は情欲に塗《まみ》れていないが、変態医師だけにどうなるかわからない。彼の前科があまりにもひどすぎるのだ。

「いいよ、俺が自分で塗る」

薫が顔を歪めて拒んでも、芝はリンデロン軟膏を塗り続けた。

「君の身体は僕のものです。僕に任せてください。足をもっと開いて」

薫の身体に異変が起きているのが、芝は気が気でならないらしい。だいぶ、ピリピリしている。

「……おい」

ゴツン、と薫は芝の頭部を叩いた。

それでも、芝はビクともしない。

「ちゃんと診察できるように、足を開いてください」

焦《じ》れたのか、芝は薫の左足首を持ち、大きく広げた。

「……う」

明るい電気の下、薫は羞恥心《しゅうちしん》でいっぱいになった。芝相手だと淫《みだ》らなプレイをさせられているような感覚に陥《おちい》る。

「蕁麻疹が出やすい場所です」

「これ、蕁麻疹だよな?」

薫が不安そうに訊くと、芝は手を止めずに言った。

「薫くん、今日、薬を飲みましたか?」

薫がドセル錠で生死の境を彷徨った後、芝は薬品に神経を尖《とが》らせている。

「センセイにもらった痛み止めと胃薬を飲んだ。問題はないはずだ」

「食品アレルギーがありましたか?」

昔にこんな病気はなかった、と懐《なつ》かしむ老人は少なくないが、現代、食品アレルギーは多岐にわたり、苦しめられている人は多い。だが、薫は今まで何を食べても蕁麻疹は出なかった。

「食品アレルギー? 俺はない。何を食べても無事……あ、カビは駄目だったけど」

薫が思いついたようにカビを口にすると、足の間で芝は溜め息をついた。

「カビは当然です。理由はいろいろあるようですが、成人してからアレルギーになる人が増えています。身に覚えはありませんか?」

泡立ちをよくするために小麦を加工した加水分解コムギ末が使われた石鹸《せっけん》やシャンプーを使い続け、小麦アレルギーが誘発されるケースが相次いでいる。おそらく、加水分解コムギ末で体質が変わってしまったのだろう。美しくなるための石鹸やシャンプー、化粧品でアレルギー体質になるとは皮肉だ。成人してからの発症は精神的なショックが大きく、治りにくいとされていた。

子供のアレルギーの原因食材のほとんどは卵や乳製品、小麦だ。二十歳以上の成人の原因食材の一位はカニやエビなどの甲殻類、次いで多いのが小麦、果物類、魚類、そば、と続いている。

「……え？　ないない」

薫は首を左右に振った。

石鹸もシャンプーも化粧品も芝と同じものを使っている。芝はいくら評判が良くても体質が変わるような成分の入ったものを買っていないはずだ。

「薫くん、夕食に何を食べました？　正直に教えてください」

芝が上目遣いで尋ねてきたので、薫は堂々と答えた。

「刺身」

今まで刺身を食べて蕁麻疹になったことは一度もない。寿司も大好物だ。生魚のアレルギーではない。

「なんの刺身ですか？」

「マグロにイカにサーモンにハマチにしめさばにあじのタタキ、親知らずを考えてワサビはつけなかった」

ワサビが解毒になる、と故郷の母親が言っていた記憶がある。ワサビをつけなかったのが悪かったのか、と薫は咄嗟《とっさ》に思った。

しかし、芝はワサビ以前に、刺身を食べた薫に呆れていた。

「薫くん、抜歯後にどうして刺身を食べるのですか?」

芝は秀麗な顔を歪めて薫を咎めた。

「ヤバかったのか? ほら、刺身をよく食べる人は怪我《けが》をしても治りやすいって言うじゃないか。抜歯後だから刺身を食べたほうがいいと思ったんだ」

故郷の母親に聞いたのだが、刺身を食べていた人の奇跡のような回復力が、薫の脳裏にインプットされている。刺身には一種の信仰を持っていた。

「アレルギーかどうか、検査しないとわかりません。ですが、抜歯後に刺身は控えるべきです。歯は骨ですよ? あったものがなくなったのですよ? 身体はとても敏感になっています」

芝に懇々《こんこん》と言われ、薫はがっくりうなだれた。

「敏感になっている身体に刺身はヤバいのか」

「まさか、値引きされた刺身を食べていませんよね?」

薫の行動をよく把握している芝は、珍しく恐る恐る尋ねてきた。

「……半額」

薫はぼそぼそとくぐもった声で事実を明かした。答えたくないが、答えないわけにはいかない。

「よりによって、どうしてそんな古い刺身を食べるのですか」

薫のふくらはぎにリンデロン軟膏を塗る芝の指に力が入った。

芝は一割引きであっても、値引きがされた刺身は買わない。半額シールがついた刺身には一瞥《いちべつ》もくれないのだ。

「俺は半額シールがついていないと刺身は買わない。うちのオフクロも祖母ちゃんもそうだ」

自棄《やけ》になったわけではないが、一般庶民としての鉄則を捲《まく》し立《た》てた。気合では負けない。

「薫くん、半額の刺身には半額の理由があります。少しでも古いと思ったら火を通さなければなりません」

芝は良家のルールを静かな口調で語った。

「刺身に火を通すなんてもったいないじゃないか」

薫がくわっと牙《きば》を剝《む》いたが、芝は決して引いたりはしない。

「アレルギーではなく、単なる薫くんの自殺行為による蕁麻疹かもしれない。いずれにしても、きちんと検査してみましょう」

自殺行為による蕁麻疹、という箇所にやたらと力が込められていた。嫌みな男ではないが、静かに怒っているようだ。

「歯医者の次は皮膚科か」

薫は虚ろな目で病院通いを口にした。

「僕が診《み》ます」

芝がきつい声で言ったので、薫は苦笑いをした。

「わからねぇだろ」

「親知らずも僕が診ればよかった。正木先生を惑わすなんて許せません」

芝は薫の足の間を真っ直ぐに見つめている。当然、薫の際《きわ》どいところを隠すものは何もない。

「惑わす？　俺は正木先生に何もしていない。ただ診察を受けただけだ」

薫は腰を浮かせつつ、芝に反論した。あまりにも凝視され、大切な場所がおかしくなりそうだ。

「薫くん、診察室で脱ぎましたね」

芝の声のトーンが一段と低くなった。

「脱いでいない」

口腔外科で胸を開く必要はない。

「君は脱ぐ必要がなくても脱ぐ」

肩の筋肉の膜を破った日、初めて芝の診察を受けた時のこと、患部を見せる必要がなかったのに、薫は物凄い勢いでワイシャツを脱いだ。若い芝の診立てが不安だったからだ。

「俺は脱ぎ魔じゃない」

泥酔するとよく脱いでいるらしいが、断固として脱ぎ魔の名前は拒む。

「君は外でも脱いでいる。僕以外の者に肌を見せてはいけません」

薫は酔っぱらって警察に保護されたこともあった。交番に迎えに来てくれたのはほかでもない芝だ。

「お前以外に見せていない。第一、キスマークだらけで見せられない」

薫は腹立ちまぎれにソファを殴った。

何かのスイッチが入ったのか、芝が発散していたオーラが変わる。

「深津先生のみならず正木先生まで僕の薫くんに手を出すなんて」

とうとう、芝の長い指に股間の茂みを撫でられた。ビク、と薫の身体が震える。

「おい、離せ」

芝は股間の茂みを摘まんだまま離さない。浮気防止に剃られた過去があるだけに、いてもたってもいられなくなる。

「正木先生は診察台に横たわる薫くんにそそられたのでしょう」

ゴツンゴツンゴツン、と薫は芝の頭部にゲンコツを連続でお見舞いした。ようやく股間の茂みから芝の指が離れる。

「人の話を聞け、手は出されていない」

薫は腹の底から絞りだした声で言ったが、芝の耳にはまったく届かないようだ。渾身《こんしん》の鉄拳《てっけん》も効果がない。

「明日、僕はすべてを公表します。二度と深津先生と正木先生に不埒《ふらち》な真似はさせません」

芝は毅然《きぜん》とした態度で爆弾宣言をした。彼は薫との関係を公にするつもりだ。冗談でもなく、自棄になったわけでもない。

「馬鹿野郎、何があってもそれだけはやめろっ」

やる、嫉妬に狂ったこいつならやる、絶対にやる、と薫は慌てふためいた。

「薫くんは僕の薫くんであると教えなければなりません。僕の決断が遅すぎた」

芝は今まで公表しなかった自分を悔やんでいるようだ。

「絶対に駄目」

薫はソファに置かれていたクッションで芝の頭を闇雲《やみくも》に何回も殴った。ほんの少しでもいいから冷静さを取り戻してほしい。

「僕の薫くん、何をするんですか？　明日、整形外科部長にふたりで挨拶をしますから、その予定でいてください」

芝は整形外科部長に薫をパートナーだと紹介するつもりらしい。ぶっちぎりの宴会芸を披露する整形外科部長の惚《ほう》けた顔が脳裏に浮かんだ。

「……な、何が挨拶だよ。死んでもいやだぞ」

「整形外科部長の後には院長にも挨拶をしなければなりません。土曜日、大学の指導教授に挨拶に参りましょう」

芝が口にする予定に、薫の呼吸は乱れた。ドセル錠を飲んだわけでもないのに息苦しくてたまらない。

「待て、勝手に進めるなっ」

「うるさい親戚《しんせき》がいるので、僕の両親にも会ってもらえると助かる」

再度、薫は渾身の力を込めて、クッションで芝の頭部を猛烈に叩いた。手加減はいっさいしない。

「俺との仲をバラしてみろ、その場で別れる。別れるからな」

どうして薫が怒っているのか、別離を言いだすのか、芝は理解できないようだ。凄まじいショックを受けたらしい。

「なぜ、そんなひどいことを言うのですか？　正木先生に魅かれたのですか？　伊香保温泉が好きなら、僕が温泉旅館のひとつやふたつぐらい手に入れる。欲しい温泉旅館を言いなさい」

芝の思考が斜め上にかっ飛んだ。

「ち、違うんだ、正木先生は関係ない。俺とセンセイの関係をバラしたら別れる。バラすな、って言っているんだ」

「薫くんが見てもいいのは僕だけです。僕以外の男を見てはいけません」

薫は裸体のまま芝と激しく言い合った。

どこまでも交わらない平行線のように続く。薫がくしゃみを連発しなければ、いつまでも続いただろう。

親知らずで静かな夜が二日続いたのも束の間、蕁麻疹で荒れまくる夜に突入した。

リンデロン軟膏が効いたのか、芝とのやりあいに夢中になったからか、いつしか痒みは引いていた。唯一の不幸中の幸いだ。

7

よりによって医療保険請求の繁忙期に首が動かせなくなって、薫《かおる》は整形外科の外来の診察を受けた。運悪く、腕の確かな整形外科部長は学会だ。目の前には白衣を身に着けた芝《しば》がいる。睨《にら》まれているとは思わないが、あまりにも雰囲気が冷たくて、回れ右して帰りたくなった。

コンプレックスが刺激されるのかもしれないが、どうも芝という男が神経に障《さわ》る。だが、芝に診《み》てもらうしかない。

『首が痛くて動かせないんです。プチッという音がしたんですが』

朝、寝たまま首を目覚まし時計に向けた時、プチッという音が鳴って痛みが走った。遅刻ギリギリだったので、構わずに飛びでてきたのだ。我慢して仕事を続けていたが、しばらくすると首が動かなくなった。無理に動かすと、あまりの激痛に呻《うめ》いた。

『両腕を上げてください。下ろして』

芝に言われるがままに、薫は両腕を動かした。それから、芝は薫の首を確かめるように押さえた。

それだけだ。

ほんのそれだけで、芝はカルテにペンを走らせるので不安になる。若い医師の頼りない診察はよく知っていた。女性スタッフの間で人気は絶大だし、悪い噂《うわさ》も聞かないが、実力のほうは未《いま》だ不明だ。圧倒的に経験が少ない。

『先生、ここっ、ここですっ』

薫は自分からネクタイを外し、ワイシャツを脱いだ。しっかり診てくれ、ちゃんと診てくれ、と薫は興奮しながら患部を差した。脳裏には三十歳前の医師の誤診が走馬灯のように駆け巡っていた。

『首からここの肩まで、痛くて痛くて仕方がないんです』

首の筋でも違えたのか、肩の筋がおかしいのか、と薫は真剣な目で芝に訴えた。

『筋肉の膜が破れたのですよ』

芝は顔色ひとつ変えず、静かな調子で説明した。

『……筋肉の膜？　膜？』

そんな病名があったかな、と薫は呆然《ぼうぜん》とした。

『湿布を貼《は》っておきましょう。薬も出しておきますから飲んでください』

芝は看護師を呼び、診察を終わらせる。最初から最後まで芝は鉄仮面を被ったまま、感情がいっさい顔に出なかった。

『はぁ』

わざわざ脱ぐ必要はないのに、薫は豪快に脱いでしまったという。看護師に揶揄《からか》われたが、薫は決して脱ぎ魔ではない。

けれど、誘われたのだと、芝は勘違いしたらしい。

言うまでもなく、薫は芝を誘惑するつもりで脱いだのではない。芝の診察が不安でシャツを脱いだのだ。

ネクタイを整形外科の診察室に忘れたのもいけなかった。

あの日、芝はわざわざネクタイを休憩室に届けに来てくれたのだ。

薫は冷酷で尊大だとばかり思っていた芝の意外な一面に感動した。もちろん、薫は感動する必要はなかった。

芝は薫が故意にネクタイを忘れていったのだと思ったらしい。

最初からふたりの気持ちはズレまくっていた。とんでもなくズレまくっていたのに結ばれてしまった。

筋肉の膜さえ破かなければ、芝に騙《だま》し討《う》ちのような形でさっくり食われなかったかもしれない。

なんであれ、諸悪の根源は芝だ。

夢から覚めた瞬間、薫は隣で寝ていた芝の頰《ほお》を叩《たた》く。朝の挨拶《あいさつ》もせずに、食《く》ってかかった。

「センセイ、バラしたら別れる」

薫は天井を見上げたまま、隣に寝ている芝に言った。昨夜、もう何度繰り返したか、わからないセリフだ。

「僕の薫くん、僕と君は別れません。何度も言わせないでほしい」

芝が冷静なので薫は無性に苛立《いらだ》つ。

「俺、ホモだって差別されるのいやだから」

昔に比べて性差のボーダーは緩くなっているが、一般社会では根強い偏見が残っている。薫は意識してひどい表現を使った。そうでもしないと芝はわかってくれない。

「差別に負けないで愛を貫きましょう」

芝の決意は固く、何物にも揺るがない。いや、もともとこういう男ではあったが。

「俺は仕事とは戦うが差別とは戦わない。ホモは日陰でひっそりとしているもんなんだ。俺の両親を殺す気か」

薫は語気を強めたが、芝の表情はこれといって変わらなかった。

「君のご両親は僕が責任を持って面倒を見る。なんの心配もない」

昨夜《ゆうべ》、さんざんやりあっても決着はつかなかった。どんなに話し合っても意見の一致はないだろう。

芝は淡々としているが、薫は激しく憤《いきどお》っている。すでに薫は蕁麻疹《じんましん》も抜歯後の痛みも忘却の彼方だ。

「だから、俺のオヤジとオフクロは俺とキサマが乳繰《ちちく》りあってるって知ったら卒倒して死ぬ。ショック死だ。医者が人を殺すな」

薫の言い回しが理解できなかったのか、早口で聞き取れなかったのか、芝は目を大きく瞠《みは》った。

「……乳繰り?」

「オヤジがたまに使う言葉だ。それはいい。そんなのはいい。とりあえず、俺とキサマの関係は隠し通せ。それでなくても深津《ふかつ》先生や加倉井《かくらい》くんにバレちゃったのに……」

気づかれたのが深津と加倉井でなければ、最悪な事態に陥《おちい》っていたかもしれない。薫は想像することさえいやだった。

「深津先生は僕のものだと知っているのにどうして薫くんに手を出すのでしょう。薫くんが可愛いから仕方がないのでしょうか」

ふと思いつき、薫は説得の方向を変えた。

「ああ、深津先生の例がある。バラしても無駄かもしれない。いや、マジにバラしても無駄だ。ほかの医者にも挨拶で俺はケツを撫《な》でられるかも」

「深津先生のような不届きな男はいないと思いたいのですが」

どの診療科にも女癖の悪い医師はまんべんなくいるが、そちらの趣味がある医師は見当たらない。深津は単に薫と芝を揶揄っているだけだ。

「バラしてもメリットはない。デメリットのほうが大きい。わかったな？」

薫は仕上げとばかりに芝の肩を叩いた。これでわかってくれ、と祈るような気持ちがこもっていた。

それなのに、芝は薫の希望を呆気《あっけ》なく砕いた。

「メリットとデメリットは考慮しなくてもよろしい。僕は深津先生が君を自分の所有物のように公言するのも許せません。今日、真実を公表し、薫くんの所有者が誰であるかわからせます」

芝には芝なりの鬱憤《うっぷん》がかなり溜《た》まっていたらしい。冗談でもほかの医師が深津と薫を囃《はや》し立《た》てるのが面白くないのだ。独占欲が強いにもほどがある。

「いい加減にしろ」

薫は横目で芝を睨んだ。

「それは僕の言葉です」

もう駄目だ、こいつはマジにもう駄目だ、という絶望感にも似た思いに薫は突き動かされた。ベッドから下り、大声で叫ぶ。

「もう、もう、もう、そんなら、今、ここで別れるーっ」

耳をつんざく薫の雄叫《おたけ》びに、芝は耳を手で塞《ふさ》いでいる。しかし、ちゃんと内容は聞こえたようで、瞬《また》く間《ま》に顔色が変わった。

「どうしてそうなるのですか？」

芝は感情を押し殺したような様子で、薫を真《ま》っ直《す》ぐに見つめた。ゆっくりとベッドから下りる。

心なしか、部屋の温度が下がった。

「今、ここで別れるぞ。俺とキサマは赤の他人、なんの関係もない。だから、キサマが病院で公表なんてできない。わかったな」

薫は芝に人差し指を突きつけ、思い切り睨み据えた。

「君と僕は別れません」

モンスター患者より、横暴な医師より、無策無能の政治家より、芝が憎たらしくなってしまった。

よくよく考えてみれば、もともと、ふたりは合わなかったのだ。言葉も気持ちも上手《うま》く嚙《か》み合《あ》っていなかったのに、身体《からだ》から関係が始まってしまった。

許してしまった俺が馬鹿《ばか》だった、と薫は心の底から悔やむ。どんなに悔やんでも、悔やみきれない。

「俺は別れる。ここで別れた。もう別れたんだ。俺は出ていくからな」

薫は捲《まく》し立てながら、クローゼットから自分のスーツとシャツを取りだした。とりあえず、一着分あればいい。

スーツを持ってベッドルームから駆け出る。大柄な芝に後から抱え込まれたらおしまいだ。

当然、芝は大股《おおまた》で追ってきた。

「薫くん、僕は君の骨を折りたくありません」

芝は温和な笑みを浮かべ、冷酷な脅《おど》しを口にした。薫を引き留めるためならば、手段は選ばない。

「三十九・七度の熱を経験した後、骨折ぐらいなんでもない」

薫は素早い動作でシャツとズボンを身につけた。ワイシャツのボタンはひとつも留めていないが気にしない。

昨夜、苦しめられた蕁麻疹の痕跡《こんせき》は肌にはなかった。

「今日、君は欠勤届を出しなさい」

芝が帝王の如き傲慢《ごうまん》な態度で、スーツの上着に袖《そで》を通している薫を見下ろした。辺りの空気は張りつめている。

芝が悠々と薫に手を伸ばす。

暴力に訴える気か、本気か、脅しか、マジにヤバいのか、芝の静かな迫力に薫は後退した。

ジリジリ後ろに下がると、ダイニングテーブルに当たる。もう、後ろに逃げることができない。

右手がダイニングテーブルに置かれていたスープの鍋《なべ》に当たった。隣には薫のために作られたおじやもある。

「別れた俺に命令するな」

薫はスープの鍋を芝に向かって勢いよく放り投げた。間髪《かんはつ》を容《い》れず、おじやの鍋も続けて投げる。

「……っ？」

芝はいきなり飛んできたスープとおじやに戸惑った。一瞬にして辺りは無残な状態に陥る。

すかさず、薫はチェストの前に放り投げていた鞄《かばん》を持ち、リビングルームから走って逃げる。物凄《ものすご》い勢いで玄関のドアを開けて閉めた。

エレベーターは最上階で止まっている。

薫は意を決して階段を駆け降りた。

洒落《しゃれ》たエントランスを通り抜け、ふたりで暮らしていたマンションを後にする。芝が追ってくる気配はない。

「今度ばかりはもう駄目だ」

薫はポツリと呟《つぶや》くと、最寄り駅に全力疾走で向かった。


プライベートで何があっても、受付で顔に出してはいけない。薫は鍛え上げたスマイルで次々と押し寄せる外来患者に接した。

さして大きなトラブルもなく、午前中の外来受付の終了時間を迎える。内心ひやひやしていたが、芝からの連絡はなかった。おそらく、外来診察に追われているのだろう。

昼の休憩は休憩室で加倉井と一緒に過ごした。朝食を摂《と》らずに飛び出したので、薫は空腹で倒れそうだった。

「実は蕁麻疹になっちゃって」

薫が自分の蕁麻疹ネタを持ちだすと、加倉井は同情してくれた。

「親知らずの次は蕁麻疹?」

「俺、体質が変わったのかな?」

刺身、特にしめサバは子供の頃から大好きだった。今後、食べられないと思うと、ショックでどうにかなりそうだ。当分の間、皮膚科に行く気がしない。芝が言った通り、抜歯後で身体が敏感になっているのならば、落ち着くまで待ったほうがいいだろう。

俺からしめサバを奪わないでくれ、とどこにいるのかわからない守護霊とやらに頼みたくなる。背後霊でもいいし、ご先祖様でもいい。

「体質が変わった？　外見は高校生のままですよ？」

加倉井は体質と外見の違いがわからないらしい。無邪気な笑顔で薫を励まそうとしている。

「高校生は余分だ」

「余分ってなんですか？」

薫は加倉井の頭の中に合わせて言い直した。

「高校生なんて言われたくない」

「だって、久保田《くぼた》主任は高校生みたいじゃないですか。体質も高校生のままなんですよ、きっと」

加倉井の単純明快な論理に眩暈《めまい》を起こしそうになる。

「外見がどうであれ、俺も二十七になったから……歳《とし》だよ。つくづく歳だと思う」

トントントン、と薫は凝《こ》っている自分の肩を叩いた。首も肩も背中もバリバリだ。新人時代、首や肩はこんなにガチガチに凝り固まってはいなかった。

「いきなり、お爺《じい》ちゃんみたいになってる」

「加倉井くん、若くていいな」

どういうわけか、生命感に溢《あふ》れている加倉井が眩《まぶ》しくなってしまった。

「久保田主任、今日、マジに変です」

「加倉井くんに言われたらおしまいかも……」

加倉井が目の前にいても、芝からどうやって逃げるか、薫は真剣に考えていた。医局で公表していないか、そちらの不安も尽きない。

別れた、別れた、もう別れたんだからな、と薫は仕出し弁当に向かって凄んだ。この気持ちが芝に届いてほしい。

そろそろ休憩時間が終わる。仕事に戻りたくないが、戻らないわけにはいかない。

薫は重苦しい気分で医事課に戻った。ただ、オープンカウンター式の総合受付には立たず、奥にある医事課のデスクで事務処理に徹する。芝の目が誤魔化せるとは思えないが、総合受付にいるよりもいいだろう。突拍子《とっぴょうし》もない正木《まさき》や深津の特攻も避けられるかもしれない。

デスクで電話が鳴るたびにドキリとしたが、とうとう芝からの連絡はなかった。定時を迎える。

「俺、今日は定時で帰らせてもらう」

定時きっかりに医事課から出る薫を、非難するスタッフはひとりもいなかった。加倉井が嬉々《きき》として喋《しゃべ》ったらしく、昨夜、薫が蕁麻疹に見舞われたことをすでに知っているからだ。どの女性スタッフも同情している。お大事に、と口々に言ってくれた。

薫は鞄を持つと足早に総合受付を出て、正面玄関を通り過ぎる。あとは病院の前にあるバス停からバスに乗ればいい。自分のワンルームに戻って、これからのことをじっくり考える。

狙《ねら》った通り、タイミングよくバスが来た。

そして、薫を乗せたバスは無事に発車した。

前の座席に座っていた女性の親子が真蓮《しんれん》について語っていた。どうやら、親子連れも真蓮に騙されていたらしい。怒りより悲しみのほうが大きいようだ。

そうこうしているうちに、バスは最寄り駅に着く。いつもとなんら変わらない黄昏色《たそがれいろ》に染まった駅前のロータリーだ。

バスから降りて一息ついた時、いきなり背後から伸びてきた腕に摑まれた。

「薫くん、帰りますよ」

芝に恐ろしいぐらい真摯《しんし》な目で貫かれた。腰に回った芝の腕の力が凄《すさ》まじい。

どうしてこんなところにいるのか、先回りしたのか、薫は芝の行動力に舌を巻いた。

「……芝先生、お疲れ様でした。失礼します」

薫はスタッフとして挨拶をして、腰に回った腕を振《ふ》り解《ほど》こうとした。最寄り駅という場所柄、どこで誰に見られているかわからない。付近には病院関係者のみならず患者がいる可能性が高い。駅と直結しているホテルの支配人は神経痛で整形外科に通院しているし、目の前に聳《そび》え立《た》つビルの所有者は内科と整形外科と眼科に通っている。ほかにも名前を挙げればキリがない。

「君に僕を拒む権利はない」

芝は冷酷な声で言い放った。

「……っ」

埒《らち》の明かない芝に焦《じ》れ、薫が感情を爆発させかけた時、深津の快濶《かいかつ》な声が響いてきた。

「俺の薫ちゃんじゃないか、芝センセイもいるのか、いいタイミングだ。薫ちゃんは俺のラズベリーアンドピーチだから手を出すな」

深津が強引に薫の肩に腕を回した。

当然、芝がもともと鋭い目をさらに鋭くして深津の腕を薫の肩から引き離す。冷たい火花が散った。

長身のふたりが睨み合うと迫力が尋常ではない。

「薫さん、どうして私に会いに来ない？　君は私に選ばれて幸せだろう」

正木の抑揚のない声まで聞こえてきて、薫はパニックを起こしかけた。芝、深津、正木、よりによってどうしてこの三人が鉢合わせするのか。トラブル続きの集大成か。それこそ、何かの恨みか祟《たた》りか。

とりあえず、この場から一刻も早く去らねばならない。見覚えのある上品な女性患者が怪訝《けげん》な目でこっちを見ている。確か、内科と整形外科に通っている女性患者だ。

芝も深津も正木も周囲をまったく気にしていない。医師という世間的に認められる肩書はあるが、一般社会から果てしなくズレている。この三人に一般的なことを言っても無駄だろう。薫はわざと弱々しい様子で言った。

「俺、腹が減ったので早く帰りたいんです。帰らせてください」

薫の一声に三人の医師はいっせいに目を見開いた。どうやら、驚いたらしい。すぐに深津が爽《さわ》やかな顔で笑った。

「よしっ、薫ちゃん、ＯＫだ。薫ちゃんのお願いならばなんでもきいてあげよう。じゃ、みんなで鍋でも食べに行くか」

深津の提案に度肝を抜かれたのは薫だけだ。芝はポーカーフェイスで同意するように頷《うなず》いた。

「いいでしょう」

深津や正木に憤慨していたのは誰なんだ、こんなメンバーでどうやって鍋をつけというのか、鍋とはもっと楽しくて温かいものだ、日本人の料理の故郷だ。薫の心の中はムンクの『叫び』状態だ。

「ちゃんこ鍋にしないか」

ちゃんこ鍋をリクエストした正木は一際《ひときわ》変人ぶりが光っていた。異論を唱えない深津と芝も常人ではない。

なんでちゃんこ、と薫が口を挟む間もない。あれよあれよという間に、駅の西側にあるちゃんこ鍋店に四人で入った。元大関が経営しているちゃんこ鍋店で、内装は相撲《すもう》に関するもので統一されていた。

愛想《あいそ》のいいスタッフに、掘《ほ》り炬燵《ごたつ》の個室に通される。薫の右側に芝が座り、左側には正木が腰を下ろした。薫の真正面には真っ先にアルコール類のメニューに手を伸ばした深津がいる。

「薫ちゃん、ビールからいっとく？」

深津はアルコールのメニューを見ながら尋ねたが、薫が口を開く前に芝が渋面で静かに答えた。

「抜歯後です。昨夜は刺身を食べて蕁麻疹が出ました。アルコールは控えさせます」

「ビールぐらいならかまわないと思うが」

口腔外科医の正木がＯＫを出したが、芝は冷たい表情で言い返した。

「大事な薫くんにむやみにアルコールを勧めないでいただきたい」

芝は薫の酒癖を知っているので、深津や正木の前で飲ませたくないのだろう。先輩にあたる正木を横目で睨み据える。

「そんなに大事ならどうして生傷が絶えないんだ？　薫さんは怪我《けが》が多いと聞いたが？」

私ならば薫さんに傷をつけさせない、と正木は言外に匂《にお》わせている。芝に対する凄絶《せいぜつ》な攻撃だ。

「僕の目が届かないところで階段から落ちても、自動ドアに挟まっても、廊下で転倒しても、自転車にぶつかっても救えません」

「芝先生、君に関《かか》わってから薫さんは災難続きではないのか？　君が薫さんの厄病神《やくびょうがみ》かもしれないね」

正木がズバリと指摘した通り、芝とつきあいだしてからトラブルが続いている。薫のメニューを持つ手が震えた。

だが、芝は馬鹿にしたような目で笑った。

「仮にも医師がインチキ霊能者のようなデマカセを口にしないでいただきたい。薫くんのそそっかしさは常軌を逸している。ただ、それだけです」

芝の辛辣《しんらつ》な薫評に、深津はメニューを手にしたまま相槌《あいづち》を打つ。正木も薫に関して反論はしなかった。そそっかしい、という形容は三人の医師の間で一致しているらしい。思わず、薫はメニューを引きちぎりそうになる。

「薫さんが眼科と口腔外科の診察室を間違えた話も耳鼻咽喉科部長《じびいんこうかぶちょう》と口腔外科部長を間違えた話も患者と内科部長を間違えた話も聞いた。レントゲン室とＭＲＩ室を間違えた話も聞いた。確かに、そそっかしいかもしれないが、お守りするのが務めだ。君は務めを果たしていない」

正木は真顔で新人時代から今に至るまでの薫の失敗談をつらつらと連ねた。

なんでそこまで知っているんだ、と薫はいたたまれなくなってメニューで顔を隠す。どのミスも思いだしたくない。

「正木先生に文句を言われる筋合いはない」

「薫さんが可愛いから言いたくなる」

芝と正木の間が険悪になると、深津が手を上げてスタッフを呼んだ。

「生中を三つ、ウーロン茶をひとつ、ちゃんこは……うん、薫ちゃんの美肌のためにコラーゲン鍋もいいかもしれないが、今夜は醬油《しょうゆ》ちゃんこだ。醬油で四人前、シメは餅《もち》。ついでに手羽先唐揚げ、たこの唐揚げ、さつま揚げ、豚角煮」

深津は誰の意見も聞かずにオーダーを通す。そのうえ、食べる気満々なのか、最初からずっしり系の一品料理も追加した。

薫も芝も正木もオーダーに文句は言わない。そもそも、薫は現状にまだついていけない。

三人分のビールとウーロン茶がすぐに運ばれてくる。

「ほら、乾杯だ」

深津がジョッキを手にすると、芝や正木もそれに習った。薫もウーロン茶が注がれたグラスを持つ。

「俺と俺の薫ちゃんに乾杯」

深津の乾杯の音頭に、芝と正木は目を吊《つ》り上《あ》げた。

「僕と僕の薫くんに乾杯、です」

芝が乾杯のセリフを口にすると、正木も即座に続けた。

「私と私の薫さんに乾杯、ですね」

正木に視線を注がれたが、薫は手にしたウーロン茶をじっと眺めた。ここで正木と見つめ合うつもりはない。

「ま、なんでもいい、飲もうぜ。お疲れさんっ」

深津は満面の笑みを浮かべて、芝や正木と乾杯した。もちろん、薫のグラスとも音を鳴らす。

一番若く見えたからか、最も料理をしそうに見えたのか、スタッフが何を思ったのか不明だが、薫のそばに鍋に入れる食材を置いた。ひょっとすると、そういう位置なのかもしれない。目の前には鍋がセットされた。

そろそろザル《さえぎ》に盛られた野菜を入れたほうがいい。そう思って薫が箸《はし》で白菜を摑むと、正木は手で遮った。

「薫さん、根菜から入れるものです」

正木の口から聞き慣れない言葉が飛びでた。

「根菜ってなんですか？」

薫がきょとんとした面持ちで聞き返すと、正木は珍しく言《い》い淀《よど》んだ。

「…………ニンジンとかゴボウとか、鍋は煮えにくい野菜から先に入れていくのです。白菜はすぐに煮えますから」

「正木先生、鍋奉行ですか？　俺は最初っから肉をブチ込みたい派です」

深津が豪快にケラケラ笑うと、正木は紳士然とした態度で言った。

「紳士の嗜《たしな》みです」

本気で紳士の嗜みだと思い込んでいる正木がすごい。薫は正木から異様なオーラをひしひしと感じた。

正木や深津に対し、芝は冷徹な空気を撒《ま》き散《ち》らしている。鍋で沸騰している鶏《とり》がらベースのスープが冷たくなりそうだ。

「とりあえず、ブチ込んでいきます」

一言断ってから、薫は野菜を鍋に入れていった。手つきからして危なっかしいが、誰も代わろうとはしない。薫がシイタケを落としても、誰も咎めなかった。動揺しているのか、もともとの性格か、白菜や鶏肉も落とす。薫は鍋に意地悪をされているような気分になってきた。

深津は早くも二杯目のビールに突入する。

「薫くんは僕のものです。ご理解していただけましたね」

一番歳の若い芝がふたりの先輩医師に先手を打って宣言した。彼にしてみればさっさと話をつけ、切り上げたいのだろう。

「私も気に入った。芝先生、今日限り、薫さんから手を引きなさい」

年長者の正木が先輩風を吹かす。

深津は口を挟まず、鍋に箸を突っ込んだ。

薫も黙々と鍋に野菜と肉を入れ続ける。座布団に落としたニンジンやゴボウは気にしない。

「正木先生にその権利はありません」

芝は何かにつけて権利や義務を主張する。

「芝先生、君と伊香保《いかほ》温泉のような薫さんは合わない」

店内には相撲甚句《すもうじんく》が流れている。土俵ならぬ掘り炬燵で芝と正木が相撲を取っているようだ。はっけよいのこったのこった、のこったのこった、という行司の声も聞こえる。

「薫くんは伊香保温泉ではありません」

芝がつっぱりで攻撃すると、正木はすくい投げで対抗した。

「薫さんは私に選ばれて初めて幸せになる。私のほうが幸せにできるから」

正木の自信は横綱級だし、芝にしてもそうだ。

「僕と薫くんは幸せに暮らしています。邪魔をしないでいただきたい」

はっけよいのこったのこった、芝は押しだし寄り切りで勝負をかけたが、正木は土俵際で踏み止まった。

「邪魔ではない。当然の行動だ」

正木は卓に左肘をつき、芝を見下すように眺めた。

「正木先生がこんなに愚かだとは知りませんでした」

ふっ、と芝は冷たい嘲笑《ちょうしょう》を浮かべている。

「その言葉はそっくり返す。見どころのある医者だと整形外科部長に伺っていたが、そうでもないようですね」

芝と正木の言い合いがＢＧＭのせいで相撲の取り組みになる。薫は行司にも観客にもならず、黙々とちゃんこ鍋を食べた。シイタケも水菜も長ネギもニンジンも鶏団子も鶏肉も美味《おい》しい。

深津は芝と正木の取り組みに参加せず、三杯目のビールを注文した。率先してパクパク食べている。

日々、薫は深津のセクハラに悩まされていたが、この時ばかりは頼もしい。

「明日にでも僕と薫くんの仲を公表します。整形外科部長にも挨拶をしますから」

芝が平然とした様子で爆弾を落とした時、薫は箸を持ったまま凄んだ。

「絶対にやめろ」

初めて口を挟んだ薫に、正木はしたり顔で頷いた。

「薫さん、君は芝先生に公表されるのはいやなんですね。私が公表しますから安心なさい。医大の挨拶には一緒に参りましょう」

正木の勘違いに薫は顔を引き攣らせた。

「正木先生、正木先生とも絶対にいやです」

薫は意を決したように、掘り炬燵を叩いた。ウーロン茶のグラスが揺れたが倒れたりはしない。

「君は私に選ばれたのだから喜びなさい。親知らずも将来も心配しなくていい。私に任せなさい」

正木は自分の胸に手を当てて誓うように言った。

こんな時でも正木には抜き魔の片鱗《へんりん》が見える。あるいは、親知らずが理由で薫は特別に気に入られたのかもしれない。すべて抜いたら、興味を失うのかもしれない。どちらにせよ、もう近寄りたくない。

「俺、歯槽膿漏《しそうのうろう》になろうとも親知らずは抜かない。総入れ歯も上等です。今後、口腔外科には行きません」

薫は歯槽膿漏も総入れ歯も覚悟した。

ぶはっ、と深津は口にしていた白菜を噴きだしている。

芝は形のいい眉《まゆ》を顰《ひそ》めたが、薫に対して力強く愛を語った。

「薫くん、たとえ君が総入れ歯になっても僕の愛は変わらない」

芝はどこまでも本気のようだが、薫は礼を言う気にはなれなかった。深津は派手に咽《む》せ返《かえ》り、自分で自分の胸を叩いている。豪胆な彼には珍しい光景だ。

「金曜日は抜糸だ。予定通り、診察に来なさい」

正木はメガネをかけ直しながら、担当医として薫に対峙《たいじ》した。

「結構です」

永遠に口腔外科には近寄りたくない。正木がいるのならばなおさらだ。

「遅れると糸が老朽化する。私は君を大事にするから安心なさい。そんなに尖《とが》らないでほしいな」

正木に手を握られ、薫は慌てて引いた。

「……俺のどこが気に入ったんですか？」

自分でもわけがわからないが、薫は意識せずにポロリと訊いていた。どうして芝と争ってまで口説くのか、まったく理解できない。そもそも、正木は男しか愛せない同性愛者ではないはずだ。

「わからない」

正木は真っ直ぐな目で堂々と宣言した。

がはっ、と深津はビールを盛大に噴きだしている。芝は伏し目がちに無言で薫を見つめた。

「……わ、わからないんですか？」

薫は呆気に取られたが、正木は自信満々だ。

「私にもよくわからないのだが気に入った。気に入ったのは確かだ。それでいい。なんの問題もない」

正木には正木の確固たる哲学があるらしい。

「あ、あの……あ〜なんだかな……」

薫は正木から視線を逸らし、横目で芝を眺めた。確か、芝も同じようなことを言っていたからだ。変人の思考回路はよく似ているのか、薫に魅了される男がそうなのか、すべてが謎だ。

芝は仏頂面《ぶっちょうづら》で壁にかけられている番付表を見つめていた。何を考えているのかわからないが、嫉妬に狂っていることだけは間違いない。

芝も正木も甲乙つけがたいぐらい変だし、マイペースで傲慢だ。けれども、まだ芝のほうがマシなような気がしてならない。芝か正木か、究極の選択だ。いや、今まで芝には何をされてもとうとう嫌えなかった。今も呆れてはいるが嫌えない。正確に言えば、未だにほだされたままなのだろう。

薫が苦悩に満ちた顔で溜め息をつくと、真正面に座っていた深津はニヤリと笑った。彼は楽しくてたまらないらしい。

さっさと食え、という仕草を深津は指で示した後、体育会系の学生のような勢いで鶏手羽の唐揚げにかぶりつく。

薫も釣られるように、右側の歯でさつま揚げを咀嚼《そしゃく》した。柔らかい豚角煮も歯ごたえのあるたこの唐揚げも口に放り込む。

もし、芝と正木が土俵に上がった相撲取りのように戦いだしたら、身体を張って止めなければならない。ふたりの間で八百長はないだろう。深津ならば止めるどころか煽りかねない。今のうちに食べておいたほうが賢明だ。

深津は早々とシメの餅を鍋に入れた。

雑炊やうどんもいいが、シメとしての餅は格別だ。

「正木先生、生涯、薫くんは僕のものです。僕のものに手を出し、ご両親を泣かせてはいけません」

芝はビールのジョッキに手を添え、世間話のように軽く言った。しかし、周囲にはツンドラブリザードが吹き荒れた。芝は滅多に使わない最終兵器をさりげなくちらつかせたのだ。芝の父親が頭取を務める東都《とうと》銀行は清水谷《しみずたに》学園のみならず清水谷学園関係に多大な出資をしていた。

伊香保温泉にある正木の実家の常連客に清水谷学園関係者は多い。清水谷学園関係の団体客が見込めなくなれば、文人《ぶんじん》たちに愛された老舗旅館《しにせりょかん》も確実に傾くだろう。

「両親を泣かせる？　……東都銀行がどんな力を持っているのか知らないが、君は軽蔑《けいべつ》に値する男だったのだね」

芝は自身のために父親の権力は駆使しない。だが、薫が絡んでくると話はべつだ。かつて薫の一言で、明和病院に派遣されていた東都銀行の女性銀行員はほかの職場に異動になった。なんのことはない、薫が女性銀行員を気に入っていると芝が早とちりしたのだ。

「僕の薫くんに手を出す者は許しません」

芝が冷たい微笑を浮かべ、背筋の凍るような宣告をした。

「私の薫くんを返してもらおう」

正木は威圧するように、掘り炬燵を指で叩いた。芝の背後にある東都銀行に怯《おび》えたりはしない。

「薫くんの人生に正木先生は無用です」

「決闘でもするしかないのか？」

紳士らしく見えるが、正木は血の気が多い。

「受けて立ちます」

一触即発、ふたりの間の火花がさらに激しく散る。けれど、ふたりは決して薫に気持ちを尋ねない。

どちらが好きか、どちらを選ぶか、一言ぐらい当の本人である薫に訊いてもいいだろうに、傲慢ぶりが徹底している。

ここで俺が女の子が好きだって言っても聞いてもらえないだろう、と薫は餅を食べながらしみじみと思った。餅がよく伸びるので妙な無常まで感じてしまう。芝と正木に左右から引っ張られ、餅のように伸びる自分まで想像した。あまりにもシュールだ。

食べすぎたのか、お腹がいっぱいになり、苦しくなってきた。それでも、餅に箸が伸びる。

深津は四杯目のビールを手に大声で笑った。

「おいおい、相撲でも取るか？　もちろん、俺も参加する。自慢したくはないが、夏祭りの相撲大会で優勝記録を塗り替えた。優勝商品がコシヒカリだったんで、優勝しろとオフクロに脅されたんだ」

深津の提案と、はっけよいのこったのこった、というＢＧＭに薫は触発された。

「そんなの、俺がダントツで負けるじゃないですか」

芝、正木、深津、誰が相手でも吹き飛ばされてしまうに違いない。あまりにも体格差があった。

「なんで、薫ちゃんが相撲取りになるんだ？　薫ちゃんは優勝トロフィー、新潟産《にいがたさん》のコシヒカリだ」

深津は目を丸くして、薫の立場を明言した。

「一度でいいから俺の気持ちを聞け」

薫がぱんぱんに膨れた腹部を押さえながら言うと、芝と正木は同じ目で同じ言葉を口にした。

「薫くん、君は僕ものです」

「薫さん、君は私のものです」

尊大な変人たちに薫は二の句が継げない。

先輩と後輩に張り合ったわけではないだろうが、深津は小学生のような幼稚な行動を口にした。

「薫ちゃん、明日、病院中にある連絡ボードに俺と薫ちゃんの相合い傘を描いておく。楽しみにしていろ」

深津はスタッフが置いていったアンケートに、自分と薫の相合い傘を描く。ハートマークまで周囲にいくつも描いた。

「深津先生、書く名前を間違えています。芝と薫くんです」

文句はそこじゃないだろう、と薫は芝に言ったつもりが声にならなかった。ただ、顎をガクガクさせただけだ。

「深津先生、傘に入れる名前が違う。私と薫さんだ」

正木はアンケートを深津から奪い取ると、ボールペンを走らせた。深津の名前を消し、自分の名前を書く。

「……お前らまとめて馬鹿だろう」

薫が呆然とした面持ちで言うと、三人の医師たちはいっせいに言った。

「俺、浪人が許されない家庭で育っているんだ。医大はストレート合格、医師免許は一発で取ったぜ」

深津は最速で医師になっているし、芝や正木にしても同じだ。

「僕もです」

「私もです」

三人の医師には秀才という自負がそれぞれあるようだ。もちろん、薫が言いたかったことはそちらではない。

「勉強はできても馬鹿だと思う。ついでに、一般常識も倫理観もない。もう一度言うぞ、頼むから俺の話を聞け」

薫は鍋を箸で叩いて耳障りな音を立てた。精一杯の強硬手段だ。
「じゃ、薫ちゃん、いったい誰を選ぶんだ？　俺か？」
深津に軽い口調で尋ねられ、薫は無意識のうちに答えていた。
「芝の変態」
薫の言葉を聞いた瞬間、芝は上体を大きく揺らし、深津は手を叩いて爆笑した。芝につ
いた変態という単語が、深津のツボに入ったらしい。
「変態、変態、そうか、薫ちゃんは変態が好きだったのか、芝先生は変態なのか、どんな
変態なんだ？　興味があるな、変態っぷりをおじさんにも教えてくれないかな。今後のた
めにも知りたいな」
深津の後に正木が呆然とした面持ちで続いた。
「変態？　芝先生は変態なのですか。どんな変態技を繰りだしているというんです。私は
変態ではないのですが……私も変態になれるでしょうか……変態……ん、変態ですか、伊
香保温泉で変態プレイをしなければいけないのでしょうか、こんな難しい問題は生まれて
初めてです」
正木は凄まじい妄想を抱いたらしく、薫と芝を交互に見つめる。
しまった、と薫は自分の失言に気づいた。しかし、すでにもう遅い。一度口にした言葉
は取り消せない。

芝はトレードマークの鉄仮面で高らかに言い放った。

「僕の薫くん、行きますよ」

とうとう業《ごう》を煮やしたのか、芝は薫の手を摑むと立ち上がった。そして、正木を真上から見下ろした。

「正木先生、将来に傷をつけたくないでしょう」

芝は最後に痛烈な脅しを口にすると、薫の手を握ったまま個室から出た。変態発言に衝撃を受けた正木にしろ、笑い転げている深津にしろ、個室から追ってくる気配はない。

「……おい」

薫が掠れた声を上げると、芝は出口に進みながら答えた。

「正木先生はアルコールに弱い。顔には出ないようですが、ビールを一口でも飲めばなかなか立ち上がれなくなります。深津先生もよくご存じのはずです」

正木の知らなかった一面に、薫は口をあんぐり開けた。

「……え？」

正木は追ってきたくても微量のビールで立ち上がれないようだ。薫が知る限り、大酒飲みの医師が多いので意外だった。芝はアルコールはさして好きではないが、どんなに飲んでも酔わない。深津はビールでも日本酒でも焼酎《しょうちゅう》でもウイスキーでも、アルコールならばなんでも好きだ。

薫は強引な芝に引《ひ》き摺《ず》られるように店を出た。何人ものスーツ姿のサラリーマンが駅に吸い込まれるように入っていく。

「僕の薫くん、君の罪は重い」

芝には薫に指名された感激はない。それが当然だと自負しているからだ。とことんふてぶてしくて尊大な男である。

芝はタクシー乗り場に向かって大股で歩きだした。

薫の行動を察知し、病院から車で走ってきたらしいが、ビールを飲んだ後だ。人の命を預かる医師が飲酒運転をするわけにはいかない。

「俺に罪はない……っと、痛《いて》え」

薫が鳩尾《みぞおち》を摩《さす》ると、芝の双眸《そうぼう》が曇った。

「僕の薫くん、どうしました？」

薫の身体が何かに蝕《むしば》まれているのか、芝は恐怖に駆られている。正木を脅迫した時の迫力は微塵もない。

「食いすぎて腹が痛い」

薫は前屈みになり、窮状を訴えた。とてもじゃないが、芝の足の速度に合わせて歩けない。

「食べすぎ？　お腹が痛くなるまで食べなくてもいいのに」

普段、芝はほっそりとした薫を案じているが、なんとも形容しがたい顔でもっともなことを言った。

「深津先生につられて食いすぎた。ゆっくり歩こう……ゆっくり……」

薫は浅い呼吸をしつつ、芝と握っている手を揺らした。

「僕の薫くん、君は……」

芝に非難される筋合いはない。薫は目を吊り上げて、極めつけの変人医師に立ち向かった。

「お、俺もキサマにはいろいろと文句が溜まっている。そもそも、お前が悪いんだぞ。もう、全部、悪いのはお前だ」

芝に対する不満を綴《つづ》ったならば、前後篇《ぜんごへん》の分厚い本になるだろう。

「僕に落ち度はない」

その自信がいったいどこから来るのか、一度でいいから芝の頭の中を覗いてみたい。

「だから、そういうところ……っ、いや、腹がこなれたら言う……マジに食いすぎた。シメの餅がズシリと効いたような気がする」

とうとう薫は植え込みの前でしゃがみ込んだ。

「どこかで休んだほうがいいですね」

芝は切れ長の目を細めると、目の前にあるコーヒー専門店に入った。アールヌーボー調の洒落たインテリアで統一された広い店内に、病院関係者らしき人物はいなかった。

薫はゆったりとしたソファに腰を下ろして息を吐く。

芝はふたり分のコーヒーを注文した後、ちゃんこ鍋店での薫を思いだしたように言った。

「そういえば、君はとても美味しそうに食べていましたね」

薫があまりにも美味しそうに食べていたので、正木に対する攻撃が緩んでしまったそうだ。本来ならば正木を精神的に叩きのめす予定だったらしい。

「ああ、美味《うま》かった。どんな時でもどんなメンバーでもちゃんこ鍋は美味いんだな。ちゃんこ鍋が食える日本は偉いぜ」

自分でも何を言っているのかわからないが、薫は感情の赴くままに喋った。ちゃんこ店での変な緊張の糸が切れたせいかもしれない。

「薫くんがそんなに鍋が好きだったとは知りませんでした。うちでも鍋をしますか。どこかに食べに行くのもいいですね」

「……と、当分の間はいい」

ふたり分のコーヒーが運ばれてきたが、薫は飲む気がしない。芝にしろ薫に飲ませるつもりで注文したわけではない。薫のための椅子代金だ。

今朝、別れる、と叫んで飛びだしたのは誰だったのか。別れたつもりになったのは誰だったのか。

芝と薫の間に何もなかったかのような空気が流れている。そう、まるで正木が出現する前のふたりだ。

「当分の間とはどれくらいですか？　一月ぐらい？」

芝は一月という意味で人差し指を立てた。

「今の時点ではわからない。でも、食った時の感動は大きかった。特に餅にはびっくりした」

薫は鍋のシメで餅を食べたのは今回が初めてだ。

「二週間ぐらいですか？」

「わからない。はっきり言えん」

一時間ほどしてから、タクシーで帰宅した。

リビングルームには薫がぶちまけたスープやおじやの残骸はない。お互いに今朝の出来事は口にしない。

薫は芝に差しだされた胃薬を飲む。

「薫くん、抜歯の痕は痛みませんか？」

「痛くはないけど、まだ左側では食べられない」

芝は薫の右側の頬にキスを落とした。無性に気恥ずかしくなるくらい甘いキスだ。

俺は別れるつもりで暴れたんじゃなかったかな、と薫は親知らずの話でようやく思いだした。だが、芝が嬉しそうに微笑んでいるので何も言えない。

結局、芝に惚れてしまっているのだ。なんだかんだ言いつつも、すでに何もかもが手遅れだ。

薫は諦《あきら》めとともに芝を受け入れた。変態でも変人でも最低でも最悪でもズレまくっていても愛しいから仕方がない。

あとがき

講談社X文庫様では二十三度目ざます。しみじみと人生を振り返っている最中の樹生《きふ》かなめざます。

かつて樹生かなめは病院に勤めておりました。何度、泣きながら病院に向かったか、すでに覚えていません。今でも当時の悪夢を思い出しては魘《うな》されております。若かったからこそ耐えられた現場かもしれません（しみじみ）。

担当様、しみじみとありがとうございました。深く感謝します。

奈良千春《ならちはる》様、癖のある話に今回も素敵な挿絵をありがとうございました。深く感謝します。

読んでくださった方、ありがとうございました。

再会できますように。

親知らずで泣いた樹生かなめ

『Dr.の傲慢、可哀相な俺』、いかがでしたか？

樹生《きふ》かなめ先生、イラストの奈良千春《ならちはる》先生への、みなさまのお便りをお待ちしております。

樹生かなめ先生のファンレターのあて先

〒112-8001　東京都文京区音羽2-12-21　講談社　文芸X出版部「樹生かなめ先生」係

奈良千春先生のファンレターのあて先

〒112-8001　東京都文京区音羽2-12-21　講談社　文芸X出版部「奈良千春先生」係

N.D.C.913　238p　15cm

樹生かなめ（きふ・かなめ）

講談社X文庫

血液型は菱型。星座はオリオン座。
自分でもどうしてこんなに迷うのかわからない、方向音痴ざます。自分でもどうしてこんなに壊すのかわからない、機械音痴ざます。自分でもどうしてこんなに音感がないのかわからない、音痴ざます。自慢にもなりませんが、ほかにもいろいろとございます。でも、しぶとく生きています。

樹生かなめオフィシャルサイト・ROSE13
http://homepage3.nifty.com/kaname_kifu/

white heart

Dr.《ドクター》の傲慢《ごうまん》、可哀相《かわいそう》な俺《おれ》

樹生《きふ》かなめ

●

2011年6月3日　第1刷発行

定価はカバーに表示してあります。

発行者——鈴木　哲
発行所——株式会社　講談社
東京都文京区音羽2-12-21 〒112-8001
電話　編集部 03-5395-3507
販売部 03-5395-5817
業務部 03-5395-3615
本文印刷—豊国印刷株式会社
製本——株式会社千曲堂
カバー印刷—半七写真印刷工業株式会社
本文データ制作—講談社プリプレス管理部
デザイン—山口　馨

ISBN978-4-06-286686-6

ホワイトハート最新刊

Dr.の傲慢、可哀相な俺

樹生かなめ　絵／奈良千春

残念な男・久保田薫、主役で登場!!　明和病院に医事課医事係主任として勤める久保田薫には、独占欲の強い、秘密の恋人がいる。それは整形外科医の芝貴史で!?　大人気、龍&Dr．シリーズ、スピンオフ！

クリムゾン・エンパイア

甘い毒薬

清水マリコ　原作・絵／Quin Rose

ご主人様のためなら、恋人だって手にかけられる。シエラ＝ロザンは、メイド兼ボディーガードとして、第二王子エドワルドのもとで働いている。ある日、王子の食事に毒がもられる事件が起きる。毒と言えば……。

よしはら心中

帝都万華鏡　秘話

鳩　かなこ　絵／今　市子

好きになさりゃあいい――。大正時代の帝都。吉原東雲楼の長男・横山夏洋は、一高へ進学するか家業を継ぐかで迷っていた。そんなとき、幼い頃からそばにいた久助の恋の噂を耳にし……。

アイドルになんか恋をするな！

森山侑紀　絵／蜂　不二子

幸せってなんだっけ？　コスプレを愛する少女マンガ家の母親によって、ネットアイドルにされてしまった左近。甘ったれの双子の弟・右近と母親にふりまわされる日々。彼に平穏は訪れるのか!?

ホワイトハート来月の予定（7月5日頃発売）

ハートの国のアリス　～Sunny Day Sunday～ ……　魚住ユキコ
ハプスブルクは婚礼の鐘をならす……………桜木はな
我が呼ぶ声を聞いて　幻獣降臨譚……………本宮ことは
ドリーミング　ガールズ！…………………桃華　舞
奥様は貴腐人　旦那様はボイスマイスター……森　美紗乃

※予定の作家、書名は変更になる場合があります。